钱基博国学著作选粹

钱基博 著

文心雕龙校读记
读庄子天下篇疏记

上海古籍出版社

图书在版编目(CIP)数据

文心雕龙校读记　读庄子天下篇疏记／钱基博著
．—上海：上海古籍出版社,2024.5
（钱基博国学著作选粹）
ISBN 978-7-5732-1092-0

Ⅰ.①文… Ⅱ.①钱… Ⅲ.①《庄子》—研究②《文
心雕龙》—古典文学研究 Ⅳ.①B223.55②I206.2

中国国家版本馆 CIP 数据核字(2024)第 076912 号

钱基博国学著作选粹

文心雕龙校读记　读庄子天下篇疏记

钱基博　著

上海古籍出版社出版发行

（上海市闵行区号景路 159 弄 1-5 号 A 座 5F　邮政编码 201101）

（1）网址：www.guji.com.cn

（2）E-mail：guji1@guji.com.cn

（3）易文网网址：www.ewen.co

启东市人民印刷有限公司印刷

开本 890×1240　1/32　印张 5　插页 3　字数 123,000

2024 年 5 月第 1 版　2024 年 5 月第 1 次印刷

印数：1-1,500

ISBN 978-7-5732-1092-0

Ⅰ·3827　定价：28.00 元

如有质量问题,请与承印公司联系

出 版 说 明

钱基博(1887—1957),字子泉,别号潜庐,江苏无锡人,著名学者、教育家。

钱氏出身书香门第,四岁起即读四书五经,十五岁时读《资治通鉴》《续通鉴》《读史方舆纪要》等书。少年时期所受的教育,决定了他一生的学术走向。钱氏在思想上基本上秉持了"中学为体,西学为用"这一根本理路,以中国传统的经史之学为自撰门径,同时亦以此为驾驭新知识、新学问的一种方法。

辛亥革命兴,钱氏曾在军政府中任职,但其一生的事业主要还是在于教育。钱氏十九岁时始任家庭教师,二十六岁任无锡第一小学教员,二十九岁任吴江丽则女子中学教员,此后更历任上海圣约翰大学国文教授、上海光华大学教授、国立浙江大学教授、湖南国立师范学院教授兼国文系主任等职,直至最后以华中师范学院教职工的身份去世。钱氏一生可说是与教育结下了不解之缘,这种教育者的身份,使得钱氏在秉持和改造传统学术理念的同时,又十分注意传统学问的传播和普及。从三十多岁时出版的《语体文范》到四十多岁时出版的《国学文选类纂》《老子道德经解题及其读法》等一系列著作,钱氏在学术上的所作所为均有推广和规范传统学问的意旨。在研究传统学问的同时,又力图使其成为普通知识人的日常所需,这构成了钱氏治学的另一特色,而这种特色又反过来使钱氏的著作成为普通读者迈进国学门槛的绝佳指引。

钱氏一生著述甚多,我社曾经推出《钱基博著作集》十二种,收录钱氏有代表性的单行著作为主,同时选收有学术意义的代表性论文,

1

精择底本，核校引文，简体横排，新式标点，以适应现代阅读习惯，受到读者欢迎。今复择其中有关国学研究之作，分合篇目，编为《钱基博国学著作选粹》，包括以下十种：

《韩愈志》

《经学通志》

《国学文选类纂》

《近百年湖南学风》

《古籍举要　版本通义》

《孙子章句训义（外一种）》

《文学通论（外一种）》

《国故概论》

《国学要籍解题及其读法》

《文心雕龙校读记　读庄子天下篇疏记》

另《克劳塞维兹兵法精义》（原名《德国兵家克劳山维兹兵法精义》）篇幅短小，今附于《孙子章句训义》后。《国学必读》原分上下册，今依原题析为《文学通论》（编选历代文论）、《国故概论》（编选经、小学、史、子相关论文）二种，读者可各取所需。《骈文通义》原与《近百年湖南学风》合为一书，今以类相从附于《文学通论》后。同时修改部分标点、排印错误，重新出版，以飨读者。

上海古籍出版社

二〇二四年三月

总　目

文心雕龙校读记

目　　录

原 道 第 一 *

发　　指

　　周濂溪称文以载道，所以显文章之大用。而彦和则论文原于道，所以探制作之本原。所谓道者，盖自然耳。昭明所选名曰《文选》，盖必文而后选，非文则不选也。其曰"老庄之作、管孟之流，盖以立意为宗，不以能文为本"，斯所以立文与非文之畛封。所谓文者，事出于沉思，义归于翰藻，综缉辞采，错比文华也。彦和揭原道以昭文心，砭藻采而崇自然，究极言之，亦曰神理而已。而道心惟微，神理设教，事虽出于沉思，义不归乎翰藻，斯实昭明选文之静臣，而为文章特起之异军。纪昀评齐梁文藻，日竞雕华，标自然以为宗，是彦和吃紧为人处，诚哉是言也。然而俪字无只，偶句必双。使事遣言，雕藻为甚。宁必本心如此，殆不免风气所囿乎！读者勿以辞害志可也。自文之本体言，则曰原道；自文之大用言，则曰明道。此篇由体达用，故知道沿圣以垂文，圣因文而明道。

校　　勘

　　夫玄黄色杂。明嘉靖刊本、清乾隆三年黄叔琳校注本同。乾隆辛亥金溪

　　＊ 据民生印书馆 1935 年版校印。原版为繁体竖排，今改为简体横排，必要之处在括号内注其繁体字字形。

王氏重刊《汉魏丛书》本、乾隆五十六年长洲张松孙校注本"玄"改作"元"。**为五行之秀，实天地之心。**黄本、张本同。嘉靖本、《汉魏》本"实"上有"人"字，"心"下有"生"字。**振其徽烈。**黄本、《汉魏》本、张本同。嘉靖本"振"作"祷"。**玄圣创典。**嘉靖本、黄本同。《汉魏》本、张本"玄"改"元"。**原道心以敷章。**嘉靖本、《汉魏》本以"敷章"①作"裁文"。黄本依《太平御览》改。**旁通而无涯。**嘉靖本、《汉魏》本、张本同。黄本依《御览》"涯"改"滞"。**鼓天下之动者存乎辞。**嘉靖本、《汉魏》本、张本"动"下无"者"字。黄校从《御览》增。**玄圣炳耀。**依嘉靖本。黄本、《汉魏》本、张本"玄"改"元"。

---

① 章字原脱，据文意补。

征 圣 第 二

发 指

彦和言"子政论文，必征于圣；稚圭劝学，必宗于经"，何必不与《旧唐书·韩愈传》称经诰之指归同趣。而卒言之曰："圣文之雅丽，固衔华而佩实者也。""衔华佩实"四字，厥为彦和衡文之准绳。而重以赞曰："精理为文，秀气成采。"秀气成采之谓衔华，精理为文之谓佩实。昭明《文选序》谓"老庄之作、管孟之流，盖以立意为宗，不以能文为本"。而钟嵘《品诗》则曰："永嘉时，贵黄老，稍尚虚谈。于时篇什，理过其辞，淡乎寡味。"此佩实而不衔华者也。然范晔《后汉书·自序》谓"情志所托，故当以意为主，以文传意。以意为主，则其旨必见。以文传意，则其词不流。然后抽其芬芳，振其金石耳"，而"患其事尽于形，情急于藻，义牵其旨，韵移其意。虽时有能者，大较多不免此累。政可类工巧图缋，竟无得也"。至唐独孤及为《李遐叔文集序》，以为文教下衰，乃至有饰其辞而遗其意者。则润色愈工，其实愈丧。及其大坏也，俪偶章句，使枝对叶，文不足言，言不足志。此衔华而不佩实者也。衔华而不佩实，其敝极于齐梁之雕藻。佩实而不衔华，其末流为宋元之语录。为失不同，而蔽则一。唯衔华而佩实，乃圣文之雅丽。佩实斯雅，衔华则丽。然则志足而言文，情信而辞巧。雕琢情性，组织辞令，夫子文章，可得而闻。乃含章之玉牒，秉文之金科矣。颜阖以为仲尼饰羽而画，徒事华辞。其然岂其然乎！

校　　勘

　　郑伯入陈，以文辞为功。依黄本。嘉靖本、《汉魏》本、张本"文"作"立"。宋置折俎，以多文举礼。黄本、张本依孙汝澄改。嘉靖本、《汉魏》本"文"作"方"。然则志足而言文。黄本、《汉魏》本、张本依谢兆申改。嘉靖本"志"作"忠"。征之周孔。黄本、《汉魏》本、张本同。嘉靖本"周"、"孔"倒。是以子政论文。嘉靖本无"子"字。黄本、《汉魏》本、张本依杨慎补。稚圭劝学。四字嘉靖本无。黄本、《汉魏》本、张本依杨慎补。虽欲訾圣。黄本、张本同。嘉靖本、《汉魏》本"訾"作"此言"二字。

宗 经 第 三

发 指

此篇与前篇《征圣》貌异心同。《征圣》亦言宗经,惟《征圣》明斯文之足言,《宗经》征文理之宗匠。《征圣》论繁略隐显,以明修辞之有法;《宗经》征诗书五经,以见立言之攸体。其《征圣》曰:"文成规矩,思合符契。或简言以达旨,或博文以该情,或明理以立体,或隐义以藏用。故《春秋》一字以褒贬,《丧服》举轻以包重,此简言以达旨也。《邠诗》联章以积句,《儒行》缛说以繁辞,此博文以该情也。书契断决以象夬,文章昭晰以象离,此明理以立体也。四象精义以曲隐,五例微辞以婉晦,此隐义以藏用也。故知繁略殊形,隐显异术,抑引随时,变通会适。……《易》称'辨物正言,断辞则备';《书》云'辞尚体要,弗惟好异'。故知正言所以立辩,体要所以成辞。辞成无好异之尤,辩立有断辞之义。虽精义曲隐,无伤其正言;微辞婉晦,不害其体要。体要与微辞偕通,正言共精义并用。"此论繁略隐显以明修辞之有法也。《宗经》曰:"论说辞序,则《易》统其首。诏策章奏,则《书》发其源。赋颂歌赞,则《诗》立其本。铭诔箴祝,则《礼》总其端。纪传移檄,则《春秋》为根。并穷高以树表,极远以启疆。所以百家腾跃,终入环内者也。……故文能宗经,体有六义:一则情深而不诡,二则风清而不杂,三则事信而不诞,四则义直而不回,五则体约而不芜,六则文丽而不淫。"此则征《诗》、《书》五经以见立言之攸体也。《征圣》明斯文之足言,故曰:"褒美子产,则云言以足志,文以足言;泛论君子,则云情欲信,辞欲巧。"《宗经》征文理之宗匠,故曰:"三极彝训,其书言经。……义既极乎性情,辞亦匠于文理,故能开学养正,昭明有融。"此其较也。本经术以为文宗,斯岂六代文士所知。而卒之曰:"楚艳汉侈,流弊不还。正末归本,不其懿欤!"斯其不惬雕藻,何啻大声疾呼。

校　勘

圣谟卓绝。嘉靖本、汉魏本"谟"作"谋"。黄本改,张本从之。墙宇重峻。嘉靖本、黄本、《汉魏》本同。张本"峻"作"竣"。夫《易》惟谈天,入神致用。嘉靖本、《汉魏》本、张本无"夫"字。又嘉靖本、《汉魏》本"入"作"人"。黄本从《御览》增改。故《系》称旨远辞文。嘉靖本"文"作"高"。黄本、《汉魏》本、张本依孙汝澄改。《书》实记言,而训诂茫昧,通乎《尔雅》,则文意晓然。嘉靖本、黄本、《汉魏》本同。而张本乃云:"《书》实记言,然览文如诡,而寻理即畅。"按:"览文"九字,嘉靖三本别出在后。而训诂茫昧。黄本、《汉魏》本同。嘉靖本"训诂"作"诂训"。诂训同书。嘉靖本、黄本同。《汉魏》本"诂训"作"训诂"。张本作"义训"。故最附深衷矣。黄本、《汉魏》本同。嘉靖本"故"作"敢"。而张本无"最"字。"矣"字上乃有"而训诂茫昧,通乎尔雅,则文意晓然"十四字。此十四字在嘉靖三本则系前"《书》实记言"句下。《礼》以立体。依黄本。嘉靖本、《汉魏》本、张本"以"作"记"。又《汉魏》本、张本"体"下有"宏"字。据事削范。嘉靖本、黄本同。《汉魏》本、张本"据"字上有"用"字。张本"削"作"制"。执而后显,采掇生言,莫非宝也。《春秋》辩理。嘉靖本无。黄本、《汉魏》本、张本依朱谋㙔按《御览》补。张本"生言""生"字作"王"字。一字见义。张本此下有"故观辞立晓,而访义方隐"十字。嘉靖三本"观辞"九字别出在后,"故"作"则",此处无之。谅以邃矣。《尚书》则览文如诡,而寻理即畅;《春秋》则观辞立晓,而访义方隐。此圣人之殊致,表里之异体者也。嘉靖本、黄本、《汉魏》本同。张本无"《尚书》"、"《春秋》"两句,而"览文"九字上"则"字改"然"字,系《书》实记言"句下,"观辞"九字上,"则"字改"故"字,系"《春秋》辩理,一字见义"两句下。后生追取而菲晚。黄本、《汉魏》本、张本同。嘉靖本"晚"作"晓"。前修文用而未先。嘉靖本、黄本、《汉魏》本同。张本"文"作"运"。则《易》统其首。嘉靖本、黄本、《汉魏》本同。张本"首"作"旨"。纪传移檄。嘉靖本、黄本、《汉魏》本"移"作"铭"。张本依朱谋埠改。

正 纬 第 四

发　指

经用明道，纬实诡理，而曰无益经典，有助文章，此可以定文学与理学之畦封。然经教不刊，故曰宗纬文倍适，必以正。

校　勘

丝麻不杂。嘉靖本、黄本、张本同。《汉魏》本"麻"作"蔴"。图箓频见。黄本、《汉魏》本同。嘉靖本、张本"箓"作"录"。原夫图箓之见。黄本、《汉魏》本、张本同。嘉靖本"箓"作"录"。黄金紫玉之瑞。嘉靖本"瑞"作"理"。黄本、《汉魏》本、张本依孙汝澄改。采撷英华。黄本、《汉魏》本、张本同。嘉靖本"采"作"援"。

辩 骚 第 五

发 指

《正纬》者,正纬之非配经而作。《辩骚》者,辩骚之以继《诗》而起,然体慢于三代,而风雅于战国,所贵酌奇而不失其真,玩华而不堕其实,与《宗经》卒称"楚艳汉侈,流弊不还"意正相发。此刘氏之所欲辩也。纪昀言:"词赋之源出于骚,浮艳之根亦出于骚。"辩字极为分明,诚哉是言也。

校 勘

《小雅》怨诽而不乱。黄本、《汉魏》本、张本依许天叙改。嘉靖本"诽"作"谤"。驷虬乘翳。嘉靖本、《汉魏》本、张本同。黄本"驷"作"驷",形近而讹。夷羿弊日,木夫九首。嘉靖本"弊"作"蔽","夫"作"天"。黄本、《汉魏》本、张本依孙汝澄改"弊",依谢兆申改"夫"。语其夸诞则如此。黄本、《汉魏》本、张本同。嘉靖本"夸"作"本"。固知楚辞者,体慢于三代。嘉靖本"慢"作"宪"。黄本、《汉魏》本、张本依朱谋㙔据宋本《楚辞》改。故能气往轹古。黄本、《汉魏》本、张本同。嘉靖本、"往"作"性"形近而讹。艳溢锱毫。嘉靖本作"绝益称豪"。黄本、《汉魏》本、张本依朱谋㙔考宋本《楚辞》改。

13

明 诗 第 六

发　　指

　　原诗之所为作。曰人禀七情,应物斯感,感物吟志,莫非自然。与《原道》篇开宗明义,称自然之道同指。钟嵘品诗,最其论旨,亦以勿堕理障、勿用事、勿拘四声为尚。要厥归趣,不出感物吟志,莫非自然之旨。其论有与刘氏《明诗》相发者。钟嵘谓:"吟咏情性,亦何贵于用事?'思君如流水',既是即目。'高台多悲风',亦惟所见。'清晨登陇首',羌无故实。'明月照积雪',讵出经史。观古今胜语,多非补假,皆由直寻。"此刘氏称建安以明诗,所谓造怀指事,不求纤密之巧;驱辞逐貌,惟取昭晰之能者也。钟嵘谓:"永嘉时贵黄老,稍尚虚谈,于时篇什,理过其辞,淡乎寡味。爰及江表,微波尚传。孙绰、许询、桓、庾诸公,诗皆平典似道德论,建安风力尽矣。"晋弘农太守郭璞、宪章潘岳,文体相辉,彪炳可玩,始变永嘉平淡之体,故称中兴第一。而刘氏亦曰:"江左篇制,溺乎玄风,嗤笑徇务之志,崇盛亡机之谈。袁、孙以下,虽各有雕采,而辞趣一揆,莫与争雄。所以景纯仙篇,挺拔而为俊矣。"准此以观,大略可睹。惟钟嵘品诗,裁其品藻,而刘氏明诗,晰其流变。斯不同耳。

校　　勘

　　圣谟所析。黄本、张本同。嘉靖本、《汉魏》本"谟"作"谋"。理不空绮。

嘉靖本、黄本、张本同。《汉魏》本依朱谋㙔改"绮"作"弦"，非是。按：绮者，绮丽之意。以诗者持也，持人情，三百之蔽，义归无邪，故曰理不空绮。**继轨周人。**嘉靖本、黄本同。《汉魏》本、张本"人"作"文"。**清曲可味。**嘉靖本、《汉魏》本、张本同。黄本"曲"作"典"。**暨建安之初。**黄本、《汉魏》本同。嘉靖本、张本无"之"字。**故能标(標)焉。**黄本、张本同。嘉靖本、《汉魏》本"标(標)"作"摽"。**若夫四言正体，则雅润为本；五言流调，则清丽居宗。**嘉靖本、《汉魏》本、张本无两"则"字。黄本从《御览》增。**则出自篇什。**黄本、《汉魏》本、张本同。嘉靖本"出"、"自"两字倒。**则道原为始。**嘉靖本、黄本、《汉魏》本同。张本"原"作"源"。

乐 府 第 七

发 指

《乐》：辞以言志之谓诗，诗哶以和律之谓乐。诗持情性，义归无邪。乐本心术，务塞淫滥。而以魏之三祖，志不出于淫荡，辞不离于哀思，深相讥切。又曰："艳歌婉娈，怨志诀绝，淫辞在曲，正响焉生。"则是哶诗虽判，亦必无诗淫而哶雅者。其意为当时宫体竞尚轻艳发也，砭俗矫枉意溢言表。

校 勘

声依永。嘉靖本、黄本、张本同。《汉魏》本"永"作"咏"。葛天八阕。黄本、《汉魏》本、张本同。嘉靖本"阕"作"阅"，形近而讹。殷整思于西河。黄本、《汉魏》本、张本同。嘉靖本"整"作"厘（釐）"。匹夫庶妇。嘉靖本"匹"作"及"。黄本、《汉魏》本、张本依许延祥改"匹"。乐盲被律。黄本、《汉魏》本同。嘉靖本"盲"作"育"。张本"盲"作"胥"。制氏纪其铿锵。黄本、《汉魏》本、张本同。嘉靖本"铿"作"鉴（鑑）"。观其北上众引。黄本、《汉魏》本、张本同。嘉靖本"北"作"兆"。志不出于淫荡。黄本、《汉魏》本同。嘉靖本、张本"淫"作"滔"。荀勖改悬。黄本、《汉魏》本、张本同。嘉靖本"勖"作"最"。李延年闲于增损古辞。黄本、《汉魏》本、张本同。嘉靖本"闲"作"闻"。至于轩代鼓吹。依张本。黄本、《汉魏》本、嘉靖本"轩代"作"斩伐"。

诠 赋 第 八

发 指

诗贵持志,赋尚铺采。然而风归丽则,辞翦美稗,文虽新而有质,采虽绚而有本,此立赋之大体也。若乃繁华损枝,膏腴害骨,无贵风轨,莫益劝戒,此为赋之大戒也。则是铺采之赋,胥归于持志矣。

校 勘

师箴瞍赋。依张本。嘉靖本、黄本、《汉魏》本脱"瞍"字。拓宇于楚辞也。依黄本。嘉靖本、张本"拓"作"招"。《汉魏》本作"括"。宋玉风钓。黄本、张本同。嘉靖本、《汉魏》本"钓"作"钧"。遂客主以首引。依黄本。嘉靖本、《汉魏》本、张本"主"作"至",形近而讹。极声貌以穷文。嘉靖本无"声"字。黄本、《汉魏》本、张本依曹学佺补。王扬骋其势。黄本、张本同。嘉靖本、《汉魏》本"扬"作"杨"。皋朔已下。嘉靖本"朔"作"翔"。黄本、《汉魏》本、张本依曹学佺改"朔"字。乱以理篇。黄本、《汉魏》本、张本同。嘉靖本"乱"作"辞",形近而讹。闵马称乱。嘉靖本"马"作"言"。黄本、《汉魏》本、张本依朱谋㙔改,注:"元作焉。"庶品杂类。嘉靖本"庶"作"鹿"。黄本、《汉魏》本、张本依曹学佺改。孟坚《两都》,明绚以雅赡。嘉靖本"明绚"作"朋约"。黄本、《汉魏》本、张本依朱谋㙔据《御览》改作"明绚"。张衡《两京》,迅发以宏富。黄本、《汉魏》本、张本同。嘉靖本"发"作"拔"。延寿《灵光》,含飞动之势。

黄本、《汉魏》本同。嘉靖本、张本"含"作"合"。凡此十家，并辞赋之英杰也。依黄本。嘉靖本、《汉魏》本、张本"英杰"作"流"。故义必明雅。黄本、《汉魏》本、张本同。嘉靖本"必"作"以"。此扬子所以追悔于雕虫。黄本、《汉魏》本同。嘉靖本"扬"作"杨"，无"于"字。张本亦无"于"字。分歧异派。依黄本。嘉靖本、《汉魏》本、张本"歧"作"岐"，形近而讹。蔚似雕画。嘉靖本、黄本、《汉魏》本同。张本"似"作"以"。

颂　赞　第九

发　　指

颂者,盛德之形容,故揄扬以发藻,汪洋以树义。赞者,颂家之细条,斯约举以尽情,昭灼以送文。其用一神一人,_{颂主告神。}其体一巨一细。颂,诵以显容,赞,促而不广,厥始事生奖叹,其既义兼美恶,辞趣非一,而流变正同。

校　　勘

　　鲁国以公旦次编。黄本、《汉魏》本、张本同。嘉靖本"国"作"人"。晋舆之称原田。嘉靖本"舆"作"兴"。黄本、《汉魏》本、张本依曹学佺改。仲武之美显宗。嘉靖本、汉魏本、张本同。黄本"仲武"作"武仲",误。史岑之述熹后。嘉靖本"熹"作"僖"。黄本、《汉魏》本、张本依曹学佺改。虽浅深不同。黄本、张本同。嘉靖本、《汉魏》本"浅"、"深"二字倒。至于班傅之《北征》、《西巡》。黄本、《汉魏》本同。嘉靖本、张本"巡"作"逝"。以皇子为标(標)。黄本、《汉魏》本、张本同。嘉靖本"标(標)"作"摽"。汪洋以树义。嘉靖本、黄本、《汉魏》本同。张本"义"作"仪"。赞者,明也,助也。嘉靖本、张本无"助也"二字。黄本、《汉魏》本从《御览》增。及迁《史》固《书》。黄本、《汉魏》本、张本同。嘉靖本"迁史"作"史班"。又纪传后评。嘉靖本"后"作"侈"。黄本、《汉魏》本、张本依朱谋㙔考《御览》改。而仲洽《流别》。依黄本。嘉靖本、《汉

19

魏》本、张本"洽"作"治"，形近而讹。动植必赞。嘉靖本、《汉魏》本、张本"必赞"作"赞之"。黄本从《御览》改。然本其为义。嘉靖本、《汉魏》本、张本无"本"字。黄本从《御览》增。促而不广。嘉靖本、《汉魏》本、张本"广"作"旷"。黄本从《御览》改。昭灼以送文。嘉靖本、黄本同。《汉魏》本"送"作"述"。张本"送文"作"述义"。缕彩摛文。依黄本。嘉靖本、《汉魏》本、张本"彩"作"影"，形近而讹。

祝　盟　第　十

发　指

　　祈福以降神之谓祝。而曰"修辞立诚，在于无愧"。约誓以告神之谓盟。故知信不由衷，盟无益也。盖以立诚为宗，不以能文为本。"祝史陈信，资乎文辞。"而卒言之曰："非辞之难，处辞为难。"即此可征《文心》、《文选》之歧趋。

校　勘

　　祀遍群神。黄本、《汉魏》本、张本同。嘉靖本"神"作"臣"。昔伊耆始蜡。嘉靖本"耆"作"祈"。黄本、《汉魏》本、张本依柳应芳改。土反其宅。嘉靖本"反"作"及"。黄本、《汉魏》本、张本依许天叙改。爰在兹矣。黄本、《汉魏》本、张本同。嘉靖本"爰"作"爰"。即郊禋之词也。黄本、《汉魏》本、张本同。嘉靖本"词"作"祠"，形音近似而讹。及周之太祝，掌六祝之辞。依黄本。嘉靖本、《汉魏》本、张本"六祝"之"祝"讹作"祀"。祝币史辞。黄本、《汉魏》本同。嘉靖本、张本"祝"作"祀"。侲子殴疫。嘉靖本"疫"作"疾"。黄本、《汉魏》本、张本依王氏改。礼（禮）失之渐也。黄本、《汉魏》本同。嘉靖本、张本"礼（禮）"作"体（體）"。唯陈思诰咎。嘉靖本无"咎"字。黄本、《汉魏》本、张本依曹学佺补。颂体而祝仪。黄本、《汉魏》本、张本同。嘉靖本"祝"作"呪"。而降神务实。黄本、《汉魏》本同。嘉靖本、张本"务实"二字倒。定山河之誓。嘉靖本、黄本、《汉魏》本同。张本"誓"作"盟"。

铭箴第十一

发　指

　　铭者,名也,观器而正名也。箴者,所以攻疾防患,喻针石也。"义典则弘,文约为美",取事必核以辨,摛文贵简而深,此箴之所与铭同。若乃箴全御过,故文资确切,铭兼褒赞,故体贵弘润,此箴之所与铭异。陆士衡赋文以为"铭博约而温润,箴顿挫而清壮"。箴顿挫而清壮,斯确切矣。铭博约而温润,故弘润矣。

校　勘

　　魏颗纪勋于景钟。嘉靖本"钟"作"铭"。黄本、《汉魏》本、张本依曹学佺改。赵灵勒迹于番吾。嘉靖本"吾"作"禺"。黄本、《汉魏》本、张本依杨慎改。秦昭刻博于华山。嘉靖本"博"作"传(傅)"。《汉魏》本"博"作"傅"。黄本、张本依朱谋㙔改"博"字。吁可笑也。嘉靖本"笑"作"茂"。黄本、《汉魏》本、张本依曹学佺改。桥公之钺。依黄本。嘉靖本"桥"作"侨","钺"作"箴"。汉魏本、张本"钺"作"铭"。曾名品之未暇。黄本、张本同。嘉靖本"未"作"末"。《汉魏》本"品"作"器"。唯张载剑阁。嘉靖本"载"作"采"。黄本、《汉魏》本、张本依谢兆申改。张本无"唯"字。斯文之兴。黄本、《汉魏》本、张本同。嘉靖本无"之"字。战代已来。黄本、张本同。嘉靖本、《汉魏》本"代"作"伐"。作《卿尹州牧》二十五篇。依黄本。

嘉靖本无"作"字,"二十"作"廿"。《汉魏》本、张本"二十"作"廿"。故文资
确切。嘉靖本"资确"作"质确"。"确"字黄本、《汉魏》本、张本依朱谋㙔
改"确"。

诔碑第十二

发　指

　　诔，累德以叙悲。碑，碣石而赞勋。传神似面，听辞如泣，其为文制虽异，而资史才则同。传体而颂文，荣始而哀终，其叙事也该而要，其缀采也雅而泽，斯其较也。

校　勘

　　易入新切。嘉靖本、黄本、《汉魏》本、张本"切"作"丽"。始序致感。黄本、《汉魏》本同。嘉靖本、张本"感"作"惑"。景而效者，弥取于工矣。嘉靖本"工"作"功"。黄本、《汉魏》本、张本依谢兆申改。纪号封禅。依黄本。嘉靖本、《汉魏》本、张本"纪"作"始"。亦古碑之意也。依黄本。嘉靖本、《汉魏》本、张本"古"作"石"。事止丽牲。黄本、《汉魏》本、张本同。嘉靖本"止"作"正"。句无择言。嘉靖本、张本同。黄本、《汉魏》本"句"作"词"。

哀吊第十三

发　　指

　　哀与诔异。诔以累行，故谥加乎成德；哀以悼逝，故誉止于察惠。而吊又与哀异。短折曰哀，所以哭死。至到称吊，实用慰生。《记》曰："知生者吊，知死者伤。知生而不知死，吊而不伤。知死而不知生，伤而不吊。"古人有别，刘氏已混。而刘氏原哀辞则曰："奢体为辞，虽丽不哀。"及其论吊，又称："华过韵缓，化而为赋。"必使情往会悲，文来引泣。所贵节促而文婉，辞哀而韵长尔。

校　　勘

　　而霍子侯暴亡。黄本、《汉魏》本、张本同。嘉靖本无"子"字。始变前式。黄本、《汉魏》本同。嘉靖本"式"作"戒"。张本"式"作"代"。怪而不辞。嘉靖本、黄本、《汉魏》本同。张本"辞"作"式"。所以不吊矣。依黄本。嘉靖本、《汉魏》本、张本无"矣"字。晋筑虒台。黄本、《汉魏》本、张本同。嘉靖本"虒"作"虎"。史赵苏秦，翻贺为吊。黄本、《汉魏》本、张本同。嘉靖本"史"作"使"。及卒章要切。《汉魏》本、张本同。嘉靖本、黄本"卒"作"平"。思积功寡。黄本、《汉魏》本、张本同。嘉靖本"功"作"切"。各其志也。依张本。嘉靖本、黄本、《汉魏》本无"其"字。

杂文第十四

发　指

　　夫汉来杂文,名号多品。而对问、七及连珠三者,放效特多。故详其流变,明其得失。极答问之末造,则曰:辞高而理疏,意荣而文悴。而穷七之末流,又称:文丽而义暌,理粹而辞驳。辞致不同,而义趣一揆。文丽而义暌,即辞高而理疏也。理粹而辞驳,即意荣而文悴也。纪昀言:"词高理疏,才士之华藻。意荣文悴,老手之颓唐。惟能文者有此病。"此论入微。

校　勘

　　夸丽风骇。黄本、《汉魏》本、张本同。嘉靖本"夸"作"本"。始邪末正。黄本、《汉魏》本、张本同。嘉靖本"邪"作"雅"。张衡《应间》。依黄本。嘉靖本、《汉魏》本、张本"间"作"问",形近而讹。庾敳《客咨》,意荣而文悴。嘉靖本"敳"作"凯","悴"作"粹"。黄本、《汉魏》本、张本"凯"依钦叔阳改"敳","粹"依朱谋㙔改"悴"。时屯寄于情泰。嘉靖本、黄本、《汉魏》本同。张本"于"作"乎"。讽一劝百。黄本、《汉魏》本、张本同。嘉靖本"一"作"以"。里丑捧心。嘉靖本"丑"作"配"。黄本、《汉魏》本、张本依谢兆申改。或典诰誓问。黄本、《汉魏》本、张本同。嘉靖本"诰"作"语"。各入讨论之域。黄本、《汉魏》本、张本同。嘉靖本"域"作"或"。

谐 讔 第 十 五

发 指

谐之言皆也。辞浅会俗，皆悦笑也。讔者隐也。遁辞以隐意，谲譬以指事也。义欲婉而正，辞欲隐而显。大者兴治济身，其次弼违晓惑。盖意生于权谲，而事出于机急，与夫谐辞可相表里者也。会意适时，颇益讽戒。但本体不雅，其流易敝。空戏滑稽，有亏德音。

校 勘

昔齐威酣乐。嘉靖本"威"作"宣"。黄本、《汉魏》本、张本依许天叙改"威"。及优旃之讽漆城，优孟之谏葬马。黄本、《汉魏》本、张本同。嘉靖本"优旃"、"优孟"倒作上孟下旃。但本体不雅。黄本、《汉魏》本、张本同。嘉靖本"雅"作"杂（雜）"。而诋嫚媟弄。黄本、《汉魏》本、张本同。嘉靖本"媟"作"媒"。魏文因俳说以著《笑书》。嘉靖本"文"作"大"，"笑"作"茂"。黄本、《汉魏》本、张本改"笑"字，依孙汝澄改。虽抃推席。嘉靖本、黄本、《汉魏》本同。张本"抃"作"扑"。尤而效之。依黄本。嘉靖本、《汉魏》本、张本"而"作"相"。岂非溺者之妄笑。嘉靖本"笑"作"茂"。黄本、《汉魏》本、张本依朱谋㙔改。昔还社求拯于楚师。黄本、《汉魏》本、张本同。嘉靖本"社"作"杨"。而君子嘲隐。黄本、张本同。嘉靖本、《汉魏》本无"嘲"字。纤巧以弄思。黄本、《汉魏》本、张本同。嘉靖本"思"作"忠"。已兆其体。嘉靖本、黄本、《汉魏》本同。张本"兆"作"乖"。

27

史传第十六

发　指

　　史之与传，本不连类。史者，使也。执笔左右，使之记也。传者，转也。转受经旨，以授于后。然则记事谓之史，转经谓之传。来历既殊，用途不同。而鲁君子左丘明，因孔子史记，论本事而作传，汉博士谓《左氏》为不传《春秋》。《公羊》定元年传云："主人习其读而问其传。"何注："读谓经，传谓训诂。"此传解经而不记事之证也。传之隶史，肇于马迁，以配本纪。盖纪者，编年也。传者，列事也。纪以包举宏纲，犹《春秋》之经。传以委曲众端，犹丘明之传。丘明则传以解经，马迁则传以释纪也。而彦和谓左氏附经间出，于文为约，而氏族难明。及史迁各传，人始区详而易览，述者宗焉。厥为史家有传之俶落。然彦和虑其岁远则同异难密，事积则起讫易疏，斯固总会之为难也。或有同归一事，而数人分功。两记则失于复重，偏举则病于不周。此又铨配之未易也。彦和妙悟文心，而史学非其当行，亦复洞明本末如此。

校　勘

　　史者，使也。执笔左右，使之记也。嘉靖本"无史者，使也。执笔左右"八字。"使之记也"，"也"作"已"。黄本、《汉魏》本、张本依胡孝辕补改。古

28

者，左史记事者。嘉靖本无"古"字。黄本、《汉魏》本、张本依孙汝澄补。洎
周命惟新。依嘉靖本。黄本、《汉魏》本、张本"洎"作"自"。夫子闵王道之
缺。嘉靖本、《汉魏》本、张本同。黄本从《御览》增"昔者"二字。转受经旨以
授于后。黄本、《汉魏》本张本同。嘉靖本"于"作"其"。及至从横之世。嘉
靖本、《汉魏》本、张本无"及"字。黄本从《御览》增。故即简而为名也。依黄
本。嘉靖本、《汉魏》本、张本"即"作"节"。子长继志。嘉靖本"志"作"至"。黄
本、《汉魏》本、张本依胡孝辕改。班《史》立纪，违经失实。嘉靖本"违"上有
"并"字，"经"下无"失"字。黄本、《汉魏》本、张本依朱谋㙔补"失"字。张衡司
史。黄本、《汉魏》本、张本同。嘉靖本"司"作"同"。元帝王后。嘉靖本"帝
王"作"年二"，黄本注依孙汝澄改。汉魏本同。张本作"平二"，注："元作帝王。"
孙改与黄注牴牾，未知孙改究何如也。然"帝王"二字义长。何有于二后哉。
黄本、《汉魏》本、张本同。嘉靖本"二"作"三"。若司马彪之详实。嘉靖三本
无"若"字。黄本从《御览》增。非妄誉也。至于晋代之书。黄本、《汉魏》本、
张本同。嘉靖本"至"在"誉"字上。至邓璨《晋纪》。嘉靖本"璨"作"琛"。黄
本、《汉魏》本依朱谋㙔改。张本依《晋书》作"粲"。又摆落汉魏。嘉靖本、《汉
魏》本、张本"摆落"作"撮略"。黄本从《御览》改。虽湘州曲学。嘉靖本、《汉
魏》本同。黄本、张本"州"作"川"。及安国立例。嘉靖本"安"作"交"。黄本、
《汉魏》本、张本依朱谋㙔改。必贯乎百氏。黄本、《汉魏》本、张本同。嘉靖本
"氏"作"姓"。共日月而长存。嘉靖本、黄本、张本同。《汉魏》本"存"作"有"。
至于纪编同时，时同多诡。嘉靖本脱"同时"二字。黄本、《汉魏》本、张本依
胡孝辕补。勋荣之家。黄本、《汉魏》本、张本同。嘉靖本"荣"作"劳"。理欲
吹霜煦露。嘉靖本、《汉魏》本"煦"作"喷"。黄本、张本从《御览》改。此又同
时之枉，可为叹息者也。嘉靖本"又"作"入"，无"为"字。《汉魏》本亦无"为"
字。黄本、张本从《御览》增"而"。"又"字三本同。唯素心乎。依嘉靖本。黄
本、《汉魏》本、张本"心"改"臣"。而赢是非之尤。嘉靖本、《汉魏》本、张本同。
黄本"赢"作"嬴"，形近而讹。

诸 子 第 十 七

发　　指

　　桐城姚鼐为《古文辞类纂》，以为论辨类者，盖原于古之诸子，各以所学著书诏后世。而彦和则别诸子以离于论，以为陆贾《典语》、贾谊《新书》、扬雄《法言》、刘向《说苑》、王符《潜夫》、崔实《政论》、仲长《昌言》、杜夷《幽求》，咸叙经典，或明政术，虽标论名，归乎诸子。何者？博明万事为子，适辨一理为论。彼皆蔓延杂说，故入诸子之流。辞若相破，而义相成。

校　　勘

　　而战代所记者也。嘉靖本、张本同。黄本、《汉魏》本"代"作"伐"。尸佼兼总于杂术。嘉靖本"佼"作"狡"。黄本、《汉魏》本、张本依柳应芳改。逮汉成留思。黄本、张本同。嘉靖本、《汉魏》本"留"作"普"。九流鳞萃。黄本、《汉魏》本、张本同。嘉靖本无"九"字。谰言兼存。嘉靖本"谰"作"调（诣）"。黄本、《汉魏》本、张本依朱谋㙔改。是以世疾诸，混同虚诞。依黄本。嘉靖本、《汉魏》本、张本"同"作"洞"。六虱（蝨）五蠹。黄本、张本同。嘉靖本"蝨"作"虱"。《汉魏》本作"风（風）"，则"虱"之讹。镮药之祸。黄本、《汉魏》本、张本同。嘉靖本"镮"作"辕"。每环奥义。黄本、《汉魏》本、张本同。嘉靖本"奥"

作"其"。慎到析密理之巧。黄本、《汉魏》本、张本同。嘉靖本"析"作"折"。
《品①氏》鉴远而体周。嘉靖本、黄本、张本同。《汉魏》本"远"作"达"。崔实
《政论》。依黄本。嘉靖本、《汉魏》本、张本"政"作"正"。或叙经典。《汉魏》
本、张本同。嘉靖本、黄本"或"作"咸"。虽(雖)明乎坦途。嘉靖本"虽(雖)"
作"难(難)","乎"作"于"。黄本、《汉魏》本、张本依朱谋㙔改。

---

① 原文如此。按他本《文心雕龙》当作"吕"。

论说第十八

发　指

刘彦和以为,论者弥纶群言,研精一理,而斥越理横断,反义取通者。以为览文虽巧,而检迹知妄。至于说者,悦也。言咨悦怿,过悦必伪。自非谲敌,唯忠与信。而诘陆士衡"炜晔谲诳"之说以为无当。唯君子能通天下之志,安可以曲论哉!故知论尚积理,说贵立诚。盖以立意为宗,不以能文为本者也。按陆士衡《文赋》:论精微而朗畅,说炜晔以谲诳。"炜晔谲诳"之说,信如彦和所讥矣。至云"论精微而朗畅",则与彦和之言相发。精微以意言,朗畅以辞言。弥纶群言,斯朗畅矣。研精一理,斯精微矣。

校　勘

圣哲彝训曰经。嘉靖本"哲"作"世"。黄本、《汉魏》本、张本依朱谋㙔按《玉海》改。伦理无爽,则圣意不坠。嘉靖本"无爽"作"有无","圣"字上无"则"字。黄本、张本从《御览》改。论也者,弥纶群言,而研精一理者也。嘉靖本无"精"字。黄本、《汉魏》本、张本依朱谋㙔改。严尤《三将》。嘉靖本"尤"作"允"。黄本、《汉魏》本、张本依朱谋㙔改。陆机《辨亡》。嘉靖本"亡"作"正"。黄本、《汉魏》本、张本依谢兆申改。然亦其美矣。黄本、《汉魏》本同。嘉靖本、张本无"亦"字。次及宋岱、郭象。嘉靖本"岱"作"代","象"作"蒙"。

黄本、《汉魏》本、张本依朱谋㙔改。**逮江左群谈。**黄本、《汉魏》本、张本同。嘉靖本无"逮"字。**才不持论，宁如其已。**依嘉靖本。黄本、《汉魏》本、张本"才"作"言"，"论"作"正"，"宁"作"论"。**穷于有数，追于无形。**嘉靖本无两"于"字。黄本、《汉魏》本、张本从汪氏本增。**钻坚求通。**依张本。嘉靖本、黄本、《汉魏》本"钻"作"迹"。**览文虽巧，而检迹知妄。**依张本。嘉靖本、黄本、《汉魏》本"知"作"如"。**若秦延君之注《尧典》。**嘉靖本、《汉魏》本、张本"延君"作"君延"。黄本依杨慎改。**羞学章句。**嘉靖本"羞"作"差"。黄本、《汉魏》本、张本依朱谋㙔改。**可为式矣。**黄本、张本同。嘉靖本、《汉魏》本"为"作"谓"。**兑为口舌，故言咨悦怿。**黄本、《汉魏》本、张本同。嘉靖本无"兑为口舌，故"五字。**过悦必伪，故舜惊谗说。**黄本、《汉魏》本、张本同。嘉靖本无"故舜惊谗说"五字。**郦君既毙于齐镬。**嘉靖本、黄本、张本同。独《汉魏》本"既"作"即"。

诏策第十九

发　指

原诏策之始，则曰轩辕唐虞，同称为命。命之为义，制性之本也。极诏策之流，则斥孔北海文教丽而罕於理①为乖，而以诸葛孔明、庾稚恭理得辞中为善。彦和论文，其要归于制性而主理，所以矫时枉而救世靡也。

校　勘

故授官锡允。依黄本。嘉靖本、《汉魏》本、张本"官"作"管"，"允"作"肩"。并称曰命。命者，使也。依张本。嘉靖本上"命"字作"令"。黄本、《汉魏》本两"命"字皆作"令"。然按下文，明称"秦并天下，改命曰制"。自以作"命"为是。敕戒州部。黄本、《汉魏》本、张本同。嘉靖本"部"作"邦"。策封王侯。黄本、《汉魏》本、张本同。嘉靖本"封"作"对（對）"。《易》称君子以制度数。黄本、《汉魏》本、张本同。嘉靖本"度"、"数"二字倒。策封三王。黄本、《汉魏》本、张本同。嘉靖本"封"作"对（對）"。劝戒渊雅。嘉靖本"劝"作"观"。黄本、《汉魏》本、张本依谢兆申改。赐太守陈遂。嘉靖本"赐太守"作"贲博士"。黄本、《汉魏》本、张本考《汉书》改。雅诏间出。嘉靖本"雅"作

---

① 王利器《文心雕龙校证》据《御览》改"罕於理"为"罕施"，以为"於"字为"施"之误。

"惟"。黄本、《汉魏》本、张本依朱谋㙒改。**互管斯任**。黄本、《汉魏》本、张本同。嘉靖本"互"作"牙"。**故引入中书**。嘉靖本无"引入"二字。黄本、《汉魏》本、张本依朱谋㙒按《御览》补。**体宪风流矣**。嘉靖本"宪"作"虑"。黄本、《汉魏》本、张本依朱谋㙒改。**眚灾肆赦**。黄本、《汉魏》本、《张本》同。嘉靖本"眚"作"青"。**周穆命郊**嘉靖本"郊"作"邓"。黄本、《汉魏》本、张本依朱谋㙒考《穆天子传》改。**当指事而语**。嘉靖本、张本"语"作"诰"。黄本、《汉魏》本从《御览》改。**在三罔极**。嘉靖本"罔"作"同"。黄本、《汉魏》本、张本依许天叙改。**各诒家戒**。黄本、《汉魏》本、张本同。嘉靖本"诒"作"略"。**庾稚恭之明断**。黄本、《汉魏》本、张本同。嘉靖本"稚"作"雅"。**教之善也**。嘉靖本、张本"教"作"辞"。黄本、《汉魏》本从《御览》改。**《诗》云：有命自天。明命为重**。**《周礼》曰：师氏诏王。明诏为轻**。依张本、嘉靖本、黄本、《汉魏》本"有命自天"下作"明为重也"。"师氏诏王"下作"为轻命"。

檄移第二十

发　指

檄者，皦也。宣露于外，皦然明白也。必使事诏而理辨，气盛而辞断。移者，易也。移风易俗，令往而民随者也。所贵文晓而喻博，辞刚而义辨。故檄移为用，事殊敌我，其在金革，则逆党用檄，顺命资移。然而植义扬辞，同归刚健，辞不可缓，义不取隐，此其较也。

校　勘

董之以武师者也。依黄本。嘉靖本、《汉魏》本、张本"武师"作"师武"。诘苞茅之阙。黄本、《汉魏》本、张本同。嘉靖本"诘"作"诰"，"苞"作"菁"。责箕郜之焚。黄本、《汉魏》本、张本同。嘉靖本"箕"作"其"。则称恭行天罚。黄本、《汉魏》本、张本同。嘉靖本"恭"作"龚"。使声如冲（衝）风所击（擊）。黄本、《汉魏》本、张本同。嘉靖本"冲（衝）"作"衝"，"击（擊）"作"系（繫）"。布其三逆。黄本、《汉魏》本、张本同。嘉靖本"布"作"有"。陈琳之檄豫州。黄本、《汉魏》本、张本同。嘉靖本脱"豫州"二字。章密太甚。嘉靖本、黄本、《汉魏》本同。张本"密"作"实"。发邱摸金，诬过其虐。黄本、《汉魏》本、张本同。嘉靖本"摸"作"模"，"虐"作"虚"。皦然露骨矣。黄本、《汉魏》本同。嘉靖本"骨"作"固"。张本"骨"作"布"。**坚同符契**。嘉靖本"同"作"用"。黄本、《汉魏》本、张本依曹学佺改。**蓍龟成败**。黄本、《汉魏》本、张本同。嘉靖本"蓍"作"著"。**推压鲸鲵**。嘉靖本、《汉魏》本、张本同。黄本"推"作"惟"。

封禅第二十一

发　指

　　自唐以前，不知封禅之非，故封禅为大典礼，而封禅文为大著作，特出一门，盖郑重之。时移世易，论者不贵。然云意古而不晦于深，文今而不坠于浅，可云载笔之准绳，文章之法式。

校　勘

　　铭号之祕祝。嘉靖本无"祝"字。黄本、《汉魏》本、张本依朱谋㙔"铭"改"名"，并补一"祝"字。祀天之壮观矣。黄本、《汉魏》本、张本同。嘉靖本无"矣"字。秦始皇铭岱。嘉靖本、《汉魏》本、张本同。黄本亡"始"字。诵德铭勋。嘉靖本"诵"作"请"。黄本、《汉魏》本、张本依孙汝澄改。则文自张纯。黄本、《汉魏》本、张本同。嘉靖本"自"作"字"。叙离乱。黄本、《汉魏》本同。嘉靖本"乱"作"分"。张本"乱"作"合"。虽文理顺序。黄本、《汉魏》本同。嘉靖本"顺"作"烦"。张本"顺"作"颉"。而日新其采者。黄本、《汉魏》本、张本同。嘉靖本"采"作"来"。

章表第二十二

发　　指

彦和审辨名实,尤严核体。故曰:"章者,明也。诗云'为章于天',谓文明也。其在文物,赤白曰章。表者,标也。《礼》有《表记》,谓德见于仪。其在器式,揆景曰表。章表之目,盖取诸此也。""章以造阙,风矩应明。表以致禁,骨采宜耀。循名课实,以章为本者也。""所以对扬王庭,昭明心曲。既其身文,且亦国华。"然恳恻者辞为心使,浮侈者情为文使。子贡云:"心以制之,言以结之。"盖一辞意也。而要其归,则一以立诚为本。

校　　勘

则章表之义也。嘉靖本、黄本同。《汉魏》本、张本"则"作"即"。又作书以赞。嘉靖本、黄本同。《汉魏》本、张本"赞"作"缵"。言事于王。嘉靖本、汉魏本、张本同。黄本、王作"主"。谓德见于仪。黄本、《汉魏》本同。嘉靖本、张本无"于"字。三辞从命。嘉靖本无"辞"字。黄本、《汉魏》本、张本依朱谋㙔补。曹公称为表不必三让。黄本、《汉魏》本、张本同。嘉靖本"必"作"止"。故能缓急应节矣。依黄本。嘉靖本、《汉魏》本、张本无"矣"字。则张华为俊。黄本、《汉魏》本、张本同。嘉靖本"俊"作"侾"。原夫章表之为用也。嘉靖本"之"作"文"。黄本、《汉魏》本、张本依谢兆申改。循名课实,以章为本者也。黄本、《汉魏》本同。嘉靖本无"章"字。张本"章"作"文"。然恳恻者辞为心使。依黄本。嘉靖本、《汉魏》本、张本"恻"作"悘"。浮侈者情为文使。黄本、《汉魏》本同。嘉靖本"文"作"出"。张本"使"作"屈"。盖一辞意也。嘉靖本、黄本、《汉魏》本同。张本"一"作"以"。丽于黼黻文章。黄本、《汉魏》本、张本同。嘉靖本"于"作"以"。献替黼扆。黄本、《汉魏》本、张本同。嘉靖本"替"作"僭"。

奏启第二十三

发　指

奏之为笔,本于明允笃诚。启用沃心,所贵文而不侈。必使理有典刑,辞有风轨。强志足以成务,博见足以穷理。要以砭六朝文胜之敝。

校　勘

劾愆谬。依黄本。嘉靖本、《汉魏》本、张本"愆"作"偕"。言敷于下。嘉靖本无"言"字。黄本、《汉魏》本、张本依谢兆申改。晁错之兵事。嘉靖本"事"作"卒"。黄本、《汉魏》本、张本依孙汝澄改。辞亦通畅。黄本、《汉魏》本、张本同。嘉靖本"畅"作"明"。王观教学。嘉靖本、《汉魏》本、张本"王"作"黄"。黄本从魏志改"王"。甄毅考课。嘉靖本、《汉魏》本"甄"作"瓯"。黄本、张本依朱谋㙔改。灾屯流移。嘉靖本、黄本、《汉魏》本同。张本作"世交屯移"。温峤恳切于废役。嘉靖本、《汉魏》本、张本同。黄本"切"作"恻"。故位在鸷击。依黄本。嘉靖本、《汉魏》本、张本"鸷"作"挚"。若夫傅咸劲直。黄本、《汉魏》本、张本同。嘉靖本"咸"作"盛"。《礼》疾无礼。黄本、《汉魏》本、张本同。嘉靖本"疾"作"嫉"。诟病为切者哉。嘉靖本"诟"作"话"。黄本、《汉魏》本、张本依谢兆申改。或云谨启。黄本、《汉魏》本同。嘉靖本、张本"云谨"作"谨密"。必敛饬入规。依黄本。嘉靖本、张本"饬"作"彻"。《汉魏》本"饬"作"散"。还上便宜。黄本、《汉魏》本、张本同。嘉靖本"上"作"士"。

41

议对第二十四

发　　指

　　"议之言宜，审事宜也。"应诏而陈政之谓对策，探事而献说之谓射策，二名虽殊，即议之别体也。议以文浮于理为病，而曰："陆机断议，亦有锋颖，而谀词勿剪，颇累文骨。"策以言中理准为的，则称："魏晋已来，稍务文丽，以文纪实，所失已多。"文胜极于齐梁，人以繁缛为功，家以深隐为奇，而刘氏独称辩洁为能，明核为美，空骋其华，固为事实所摈，设得其理，亦为游词所埋。盖以立意为宗，不以能文为本。此其《文心》之所以焜映千古，卓绝一时也。

校　　勘

　　舜畴五人。嘉靖本、黄本、《汉魏》本同。张本"人"作"臣"。鲁桓务议。嘉靖本、黄本、《汉魏》本同。张本"务"作"预"。迄至有汉。黄本、张本同。嘉靖本、《汉魏》本"至"作"今"。贾捐之陈于珠崖。依黄本。嘉靖本、《汉魏》本、张本上一"之"字缺。秦秀定贾充之谥。黄本、《汉魏》本、张本同。嘉靖本"谥"作"谥"。而铨贯有叙。黄本、《汉魏》本、张本同。嘉靖本"有"作"以"。观通变于当今。嘉靖本、《汉魏》本、黄本同。张本"通"、"变"二字倒。田谷先晓于农。依黄本。嘉靖本、《汉魏》本、张本"田"作"佃"。空骋其华。嘉靖本、黄本同。《汉魏》本、张本"空"上有"苟"字。设得其理，亦为游辞所埋。

《汉魏》本、张本同。嘉靖本"理"、"埋"二字上下倒。黄本"理"字下有"矣"字。证验古今。黄本、《汉魏》本、张本同。嘉靖本无"证"字。及后汉鲁丕。嘉靖本"丕"作"平"。黄本、《汉魏》本、张本依朱谋㙔改。独入高第。黄本、张本同。嘉靖本、《汉魏》本"独"作"以"。并前代之明范也。嘉靖本"前"作"明"。黄本、《汉魏》本、张本依谢兆申改。而雉集乎堂。黄本、《汉魏》本、张本同。嘉靖本"乎"作"平"。治体高秉。黄本、《汉魏》本、张本同。嘉靖本"治"作"洽"。

书记第二十五

发　指

"书者,舒也。舒布其言,陈之简牍,……言以散郁陶,托风采,故宜条畅以任气,优柔以怿怀,文明从容,亦心声之献酬也。""战国以前,君臣同书。秦汉立仪,始有表奏。王公国内,亦称奏书。……迄至后汉,稍有名品。公府奏记,而郡将奏笺。记之言志,进己志也。笺者,表也。表识其情也。"然则"笺记之为式,既上窥乎表,亦下睨乎书。使敬而不慑,简而无傲",此记与书之分也。

校　勘

总为《尚书》。《尚书》之为体。嘉靖本、《汉魏》本、张本同。黄本上"尚"字为"之"字,下"尚"字缺。君子小人可见矣。嘉靖本、《汉魏》本、张本同。黄本无"可"字。取象乎夬。《汉魏》本、张本同。黄本"乎"作"于"。嘉靖本"夬"作"史"。赵至叙离。嘉靖本"叙"作"赠"。黄本、《汉魏》本、张本依王性凝改。笺者,表也。表识其情也。黄本、《汉魏》本同。嘉靖本"表"、"识"二字倒。张本"牍"作"笺"。黄香奏笺于江夏。嘉靖本、黄本、《汉魏》本同。张本"牍"作"笺"。则有符契券疏。依黄本。嘉靖本、《汉魏》本、张本"券"作"券"。《九章》积微。黄本、《汉魏》本、张本同。嘉靖本"微"作"微"。五音以正。嘉靖本、《汉魏》本、张本重"音以正"三字。八刑克平。嘉靖本、黄本、《汉魏》本同。张本"刑"作"辟"。**管仲下令如流水**。依张本。嘉靖本、黄本、《汉魏》本"令"作"命"。**如匠之制器也**。黄本、《汉魏》本、张本同。嘉靖本无"如"字。**符者，孚也**。嘉靖本"孚"作"厚"。黄本、《汉魏》本、张本依谢兆申改。**券者，束也**。依黄本。嘉靖本、《汉魏》本、张本"券"作"券"，下仿此。**关闭当审**。黄本、《汉魏》本、张本同。嘉靖本"当"作"由"。**孙亶回圣相也**。嘉靖本"回"作"四"。黄本、《汉魏》本、张本依朱谋㙔改。**签（籤）者，纤（纖）密者也**。黄本、张本同。嘉靖本、《汉魏》本"签（籤）"作"纤（纖）"。**体貌本原**。黄本、张本同。嘉靖本、《汉魏》本"体（體）"作"礼（禮）"。**丧言亦不及文**。黄本、《汉魏》本、张本同。嘉靖本"文"作"交"。**囊漏储中**。依嘉靖本。黄本、《汉魏》本、张本"漏"作"满"。**称掩目捕雀**。黄本、《汉魏》本、张本同。嘉靖本"雀"作"省"。**而浮藻之所忽也**。黄本、《汉魏》本、张本同。嘉靖本"浮"作"无"。

神思第二十六

发　指

前二十五篇重在辨体,《原道》以标首,而揭自然以为宗。后二十五篇蕲于明法,《神思》以提纲,而翘虚静以见意。其曰"意翻空而易奇,言征实而难巧","理郁者苦贫,辞溺者伤乱",皆为六朝文胜雕藻组丽者痛下箴砭。雕藻则害静,组丽则征实。宁所云疏瀹五藏、澡雪精神者哉!

校　勘

驯致以绎辞。嘉靖本、张本同。黄本、《汉魏》本"绎"作"怿"。子建援牍如口诵,仲宣似宿构(搆)。嘉靖本、黄本、《汉魏》本同。张本"如"、"似"两字倒,"搆"作"構"。然则博闻为馈贫之粮。嘉靖本、《汉魏》本、张本同。黄本"闻"作"见"。

体性第二十七

发　　指

开宗明义，以为"情动而言形，理发而文见"。而卒以赞曰："辞为肤根，志实骨髓。"盖以立意为宗，不以能文为本，辞极昭彰。又曰："雅丽黼黻，淫巧朱紫。习亦疑真，功沿渐靡。"所以砭齐梁藻丽之习者至矣。

校　　勘

炜烨枝派者也。嘉靖本、黄本、张本同。《汉魏》本"烨"作"熠"。

风骨第二十八

发　指

　　刘氏以为"丰藻克赡，风骨不飞，则振采失鲜，负声无力。是以缀虑裁篇，务盈守气。……兹术或违，无务繁采"。《神思》一篇，既云酌理以富才，及此著论，又欲盈气以振采。曰理与气，文心攸寄，实开八家之先声，而为六朝之异军。

校　勘

　　索莫乏气。嘉靖本"莫"作"课"，"气"作"风"。黄本、《汉魏》本、张本依杨慎改。乃其骨髓峻也。嘉靖本、张本同。黄本"峻"作"峻"。《汉魏》本"峻"作"骏"。则云时有齐气。黄本、《汉魏》本、张本同。嘉靖本"齐"作"济"。则云有逸气。依黄本。嘉靖本、《汉魏》本、张本"有"字上有"时"字。夫翚翟备色，而翾翥百步。依黄本。嘉靖本、《汉魏》本、张本无"而"字。鹰隼乏采而翰飞戾天。依黄本。嘉靖本、《汉魏》本、张本无"而"字。若夫镕经铸典之范。黄本、《汉魏》本、张本同。嘉靖本"铸"作"冶"。然后能莩甲新意。嘉靖本、《汉魏》本同。黄本、张本"莩"作"孚"。珪璋乃骋。黄本、《汉魏》本、张本同。嘉靖本"骋"作"聘"。

通变第二十九

发　指

　　《旧唐书·韩愈传》载：愈常以为魏晋已还，为文者多相偶对，而经诰之指归，不复振起。故所为文，抒意立言，自成一家。而刘氏言通变，则曰"楚汉侈而艳，魏晋浅而绮，宋初讹而新。矫讹翻浅，还宗经诰。……文律运周，日新其业"。变则可久，穷而反本。盖齐梁之绮体既成滥调，则经诰之古文转属新声。通变寓于复古，推陈斯以出新。文章转变，此其枢关。

校　勘

　　志合文则。嘉靖本"则"作"财"。黄本、《汉魏》本、张本依许无念改。至于序志述时。嘉靖本、《汉魏》本、黄本同。张本"时"作"词"。魏之篇制。依张本。嘉靖本"篇"作"荐"。黄本、《汉魏》本依许无念改作"策"。风末气衰也。依张本。嘉靖本、《汉魏》本、黄本"末"作"味"。故练青濯绛。黄本、《汉魏》本、张本同。嘉靖本"绛"作"锦"。固无端涯。嘉靖本"固"作"因"。黄本、《汉魏》本、张本按颂文改。乃颖脱之文矣。嘉靖本、黄本、张本同。《汉魏》本"颖"、"脱"二字倒。乘机无怯。黄本、《汉魏》本同。嘉靖本"怯"作"法"，张本作"踣"。

49

定势第三十

发　　指

此篇亦标自然以为宗，而砭南朝诡巧取新之病。而又惧尚势者之或流张脉偾兴，而不必妙造自然，故曰"文之任势，势有刚柔，不必壮言慷慨，乃称势也"。意极周匝。陆云自称"往日论文，先辞而后情，尚势而不取悦泽"。而彦和则以为"情固先辞，势亦须泽"。八字不刊。夫先辞而后情者，六朝文胜之敝也。尚势而不取悦泽者，八家矫枉之过也。

校　　勘

洄曲湍回。嘉靖本"湍"作"文"。黄本、《汉魏》本、张本依王性凝按本赞改。效骚命篇者。嘉靖本"骚"作"验"。黄本、《汉魏》本、张本依王性凝改。功在铨别。嘉靖本"功"作"切"。黄本、《汉魏》本、张本从《御览》改。则准的乎典雅。嘉靖本"典雅"作"雅颂"。黄本、《汉魏》本、张本从《御览》改。故文反正为乏。嘉靖本"乏"作"之"。黄本、《汉魏》本、张本从《左传》改。必颠倒文句。嘉靖本"句"作"向"。黄本、《汉魏》本、张本依王性凝改。因利骋节。嘉靖本、黄本、张本同。《汉魏》本"因"作"四"。力止襄陵。《汉魏》本、黄本、张本同。嘉靖本"止"作"心"。

情采第三十一

发　指

　　齐梁文胜，日竞于雕藻，有采无情，有文无理，故彦和力矫其枉。譬于铅黛所以饰容，而盼倩生于淑姿。故知文采所以饰言，而辩丽本于情性。"情者，文之经。辞者，理之纬。经正而后纬成，理定而后辞畅。"此立文之本原也。而卒以赞曰："吴锦好渝，舜英徒艳。繁采寡情，味之必厌。"胥为齐梁绮靡对病发药。

校　勘

　　故知君子常言，未尝质也。黄本、张本同。嘉靖本、《汉魏》本"常"亦作"尝"。研味《孝》《老》。嘉靖本、张本同。黄本、《汉魏》本"孝"作"李"。将欲明理。依嘉靖本。黄本、《汉魏》本、张本"理"作"经"。舜英徒艳。黄本、《汉魏》本、张本同。嘉靖本"舜"作"蕣"。

镕裁第三十二

发　指

规范本体谓之镕,剪截浮词谓之裁。义之骈枝,二义两出,未能镕也。文之肬赘,同辞重句,失于裁也。裁则芜秽不生,融则纲领昭彰。

校　勘

是以草创鸣笔。嘉靖本、《汉魏》本、张本同。黄本"鸣"作"鸿"。献替节文。黄本、《汉魏》本、张本同。嘉靖本"替"作"赞"。条贯统序。黄本、《汉魏》本同。嘉靖本、张本"统"作"始"。次讨字句。黄本、《汉魏》本同。嘉靖本、张本"字"作"定"。适分所好。嘉靖本、《汉魏》本、黄本同。张本"适"作"随"。善敷者辞殊而义显。嘉靖本、《汉魏》本同。黄本、张本"义"作"意"。士龙思劣,而雅好清省。嘉靖本、黄本、《汉魏》本同。张本"省"作"音"。盖崇友于耳。黄本、《汉魏》本、张本同。嘉靖本"于"作"干"。乃情苦芟繁也。黄本、《汉魏》本、张本同。嘉靖本"芟"作"芸"。

52

声律第三十三

发　指

文之声律,有和有韵。异音相从谓之和,同声相应谓之韵。而刘氏论指,重和而不重韵。以为"韵气一定,故余声易遣;和体抑扬,故遗响难契。属笔易巧,选和至难;缀文难精,而属韵甚易"。所谓和者,沈休文《宋书·谢灵运传论》以为:"欲使宫羽相变,低昂舛节。若前有浮声,则后须切响。一简之内,音韵尽殊。两句之中,轻重悉异。妙达此旨,始可言文。"此之谓异音相从,亦此之谓和体抑扬。

校　勘

声含宫商。嘉靖本、黄本、张本同。《汉魏》本"含"作"合"。摛文乖张。《汉魏》本、张本同。嘉靖本、黄本"摛"作"摘"。良由内听难为聪也。嘉靖本"内"作"外"。黄本、《汉魏》本、张本依王性凝改。响有双叠。嘉靖本"双叠"作"动静"。黄本、《汉魏》本、张本依谢兆申改。流于字句。嘉靖本"字"作"下"。黄本、《汉魏》本、张本依商孟和改。虽纤意曲变。嘉靖本、黄本、《汉魏》本同。张本"意"作"毫"。瑟资移柱。嘉靖本、黄本、《汉魏》本同。张本"移"作"多"。籥含定管。嘉靖本、黄本、《汉魏》本同。张本"含"作"舍"。失黄钟(鐘)之正响也。嘉靖本、张本同。黄本、《汉魏》本"鐘"作"鍾"。疏识阔略。依嘉靖本。黄本、《汉魏》本、张本"疏"、"识"二字倒转。南郭之吹竽耳。嘉靖本"南"作

"东"。黄本、《汉魏》本、张本依叶循父改。标情务远。黄本、《汉魏》本同。嘉靖本、张本"情"作"清"。调钟（鐘）唇吻。嘉靖本、《汉魏》本、张本同。黄本"钟（鐘）"作"鍾"。

章句第三十四

发　指

　　刘氏以为:"人之立言,因字而生句,积句而成章,积章而成篇。篇之彪炳,章无疵也;章之明靡,句无玷也;句之清英,字不妄也。……句司数字,待相接以为用;章总一义,须意穷而成体。""故章者明也,句者局也。局言者联字以分疆,明情者总义以包体。区畛相异,而衢路交通矣。"又因句法而类及押韵,以为"改韵从调,所以节文辞气。贾谊、枚乘,两韵辄易,则唇韵微躁;刘歆、桓谭,百韵不迁,则唇吻告劳"。陆云称"四言转句,以四句为佳"。辨章极析。

校　勘

　　句之清英。嘉靖本、黄本、张本同。《汉魏》本"清"作"青"。追媵前句之旨。黄本、《汉魏》本、张本同。嘉靖本"媵"作"胜(勝)"。若辞失其朋。黄本、《汉魏》本、张本同。嘉靖本"朋"作"明"。据事似闲。黄本、《汉魏》本、张本同。嘉靖本"闲"作"閒"。辞忌失朋。嘉靖本"失"作"告"。黄本、《汉魏》本、张本依谢兆申改。离合同异。黄本、张本同。嘉靖本、《汉魏》本"合"、"同"二字倒。

丽辞第三十五

发　指

　　刘氏以为:"造化赋形,支体必双;神理为用,事不孤立。心生文辞,运裁百虑,高下相须,自然成对。"唐虞之文,"罪疑惟轻,功疑惟重"、"满招损,谦受益","岂营丽辞,率然对尔。《易》之文系,圣人之妙思也。序《乾》四德,则句句相衔;龙虎类感,则字字相俪;乾坤易简,则宛转相承;日月往来,则隔行悬合。虽句字或殊,而偶意一也。"至逊清仪征阮元,张而大之,以作《文言说》。然彦和卒言其蔽,以为"气无奇类,文乏异采,碌碌丽辞,则昏睡耳目。必使理圆事密,联璧其章,迭用奇偶,节以杂佩,乃其贵耳",不如阮氏之过为主张也。

校　勘

　　而皋陶赞文。嘉靖本、张本同。黄本、《汉魏》本"文"作"云"。则句句相衔。黄本、《汉魏本》、张本同。嘉靖本"句"作"八"。割毫析厘。嘉靖本、《汉魏》本、张本同。黄本"割"作"刲"。长卿《上林赋》云。黄本、《汉魏本》、张本同。嘉靖本亡"赋"字。征(徵)人之学。黄本、张本同。嘉靖本、《汉魏》本"征(徵)"作"微"。理自见也。黄本、《汉魏》本、张本同。嘉靖本"自"作"斯"。精味兼载。黄本、《汉魏》本、张本同。嘉靖本"味"作"未"。

比兴第三十六

发　　指

比者切类以指事，兴则环譬以托讽。诗者，持也。持其志无暴其气，掩其情无露其词。直抒己意，始于唐人，宋贤继之，遂成倾泻，比兴道衰，风雅以尽。子游曰："礼有微情者，有以故兴物者。有直情而径行者，戎狄之道也。"迁流以至今日，世变日急，以含蓄蕴藉为亡生气，以赤裸裸地为尽文章之美，感条畅之气，灭平和之德，是以君子贱之也。然诗有比兴，文亦有比兴。周秦诸子，去古未远。孟子得比，庄生善兴。战国一策，处士横议，恢廓声势，辞兼比兴。至唐宋八家，昌黎感概身世，托讽龙马，东坡扬言切事，尤工设譬以称于世。

校　　勘

兴则环譬以寄讽。依嘉靖本。黄本、《汉魏》本"寄"作"记"，音近而讹。席卷以方志固。黄本、《汉魏》本、张本同。嘉靖本"席卷"作"卷席"。楚襄信谗而三闾忠烈。黄本、《汉魏》本同。嘉靖本"楚"、"襄"二字倒。张本作"衰楚"，疑嘉靖本亦作"衰楚"，"襄"与"衰"形似而讹。声似竽籁。嘉靖本汉魏本张本同黄本竽作芋何异纠缦。黄本、《汉魏》本、张本同。嘉靖本"缦"作"缠"。如慈父之畜子也。黄依本赋。嘉靖本、《汉魏》本、张本"畜"作"爱"。马融《长笛》云。黄本、《汉魏》本同。嘉靖本、张本"长笛"作"赋"。范蔡之说也。

依黄本。嘉靖本、《汉魏》本、张本"之说也"作"说之"。**茧曳绪**。黄本、《汉魏》本、张本同。嘉靖本"茧曳"作"玺抽"。**至于扬班之伦**。黄本、《汉魏》本、张本同。嘉靖本"扬"作"杨"。**若刻鹄类鹜**。嘉靖本"鹄"作"鹤"。黄本、《汉魏》本、张本依谢兆申改。

夸饰第三十七

发　指

文之夸饰,莫盛齐梁。而彦和欲酌《诗》、《书》之旷旨,剪扬、马之盛泰,使夸而有节,饰而不诬,可谓矫矫不同流俗者。

校　勘

孟轲所云:说《诗》者不以文害辞。依黄本。嘉靖本脱"云"字。《汉魏》本、张本脱"所"字。子云《羽猎》。依黄本。嘉靖本、《汉魏》本、张本"羽"作"校"。娈彼洛神。黄本、《汉魏》本、张本同。嘉靖本"娈"作"峦"。惟此水师。黄本、张本同。嘉靖本、《汉魏》本"师"作"怪"。此欲夸其威而饰其事。黄本、《汉魏》本、张本同。嘉靖本无"饰"字。

事类第三十八

发　指

事类者，盖文章之外，据事以类义，援古以证今者也。是以将赡才力，务在博见。然综学在博，而取事贵约，校练务精，捃理须核也。

校　勘

陈政典之训。黄本、张本同。嘉靖本、《汉魏》本"政"作"正"。及扬雄《百官箴》。黄本、《汉魏》本、张本同。嘉靖本"百"作"六"。华实布濩。黄本、《汉魏》本、张本同。嘉靖本"濩"作"护（護）"。有学饱而才馁，有才富而学贫。黄本、《汉魏本》同。嘉靖本、张本"学"、"饱"二字倒。又嘉靖本两句末有"者"字。必列膏腴。黄本、张本同。《汉魏》本、嘉靖本"列"作"裂"。捃理须核。嘉靖本、黄本、《汉魏》本同。张本"理"作"撅"。刘劭《赵都赋》云。黄本、张本同。嘉靖本"赋"字下有"客"字。《汉魏》本"赋"字下有"有"字。或微言美事，置于闲散。黄本、《汉魏》本、张本同。嘉靖本无"散"字。

练字第三十九

发　　指

练字固以奇诡为难，然贵妙造自然，出以浑成。纪昀评云："胸富卷轴，触手纷纶，自然瑰丽，方为巨作。若寻检而成，格格然著于句中，状同镶嵌，则不如竟用易字。文之工拙，原不在字之奇否。沈休文'三易'之说，未可非也。若才本肤浅，而务于炫博以文拙，则风更下矣。"斯为通人之论。至湘乡曾文正公集中《复陈右铭太守书》，论文章戒律，则谓"识度曾不异人，或乃竞为僻字涩句以骇庸众，斫自然之元气，斯又才士之所同蔽，戒律之所必严"。而兴化刘熙载著《文概》，亦谓文中用字，在当不在奇。如宋子京好用奇字，亦一癖也。彦和此篇，无甚玄解，独同字相犯之重出，以为善为文者，富于万篇，贫于一字，一字非少，相避为难数语深识甘苦。

校　　勘

《周礼》保氏，掌教六书。依黄本。嘉靖本、《汉魏》本、张本"保氏"作"保章氏"。及李斯删籀而秦篆兴。嘉靖本、《汉魏》本、张本同。黄本"及"作"乃"。汉初草律。依黄本。嘉靖本、《汉魏》本、张本"草"作"章"。鸣笔之徒。依嘉靖本。黄本、《汉魏》本、张本"鸣"作"鸿"，依朱谋㙔改。非师传（傳）不能析其辞。嘉靖本、黄本、《汉魏》本同。张本"传（傳）"作"傅"。孔徒之所纂。嘉靖本"纂"作"慕"。黄本、《汉魏》本、张本依谢兆申改。**讽诵则绩在宫商**。黄本、张本同。嘉靖本、《汉魏》本"绩"作"续"。**三权重出**。嘉靖本"出"作"幽"。黄本、《汉魏》本、张本依钦叔阳改。**曹摅(攄)诗**。嘉靖本、《汉魏》本、张本同。黄本"摅(攄)"作"据(據)"。**于常文则龃龉为瑕**。嘉靖本"龃龉"作"鉏铻"。黄本、《汉魏》本、张本依朱谋㙔改。**诗骚适会**。黄本、张本同。嘉靖本、《汉魏》本"骚"作"验"。**则黯黕而篇暗**。嘉靖本"黕"作"默"。黄本、《汉魏》本、张本依朱谋㙔改。

隐秀第四十

发　指

　　隐者,文外之重旨;秀者,篇中之独拔,而要归于自然会妙。或有晦塞为深,虽奥非隐;雕削取巧,虽美不秀矣。道法自然,彦和论文之宗旨。晦塞为深者,皇甫湜、孙樵是也,至樊宗师而极。雕削取巧者,徐陵、庾信是也,至王、杨、卢、骆而甚。

校　勘

　　义主文外。黄本、《汉魏》本、张本同。嘉靖本"主"作"生"。譬爻象之为互体。黄本、《汉魏》本、张本同。嘉靖本"互"作"玄"。故互体变爻,而化成四象。黄本、《汉魏》本、张本同。嘉靖本"互"作"玄","化"、"成"二字倒。始正而末奇至此闺房之悲极也。黄本、《汉魏》本、张本同。嘉靖本无。朔风动秋草。黄本、《汉魏》本、张本同。嘉靖本"朔"作"凉"。非研虑之所果也。嘉靖本、《汉魏》本同。黄本、张本依谢兆申"果"改"求"。或有晦塞为深,虽奥非隐。黄本、《汉魏》本、张本同。嘉靖本亡"晦塞"八字。

指瑕第四十一

发　指

此篇未能揭要。

校　勘

　　虽宁僭无滥。嘉靖本"僭"作"降"。黄本、《汉魏》本、张本依谢兆申改。
夫辩疋而数首蹄。依张本。嘉靖本、黄本、《汉魏》本"疋"作"言"。又嘉靖本、
黄本"首"作"筌"。

养气第四十二

发　指

彦和以为："吐纳文艺，务在节宣。清和其心，调畅其气，烦而即舍，勿使壅滞。""率志委和，则理融而情畅。钻砺过分，则神疲而气衰。……故宜从容率情"，优柔适会，非惟调畅文气，抑亦涵养文机。《神思》篇虚静之说，可以参观。

校　勘

若夫器分有限。嘉靖本、黄本、张本同。《汉魏》本"器"作"气"。怛惕之盛疾。黄本、《汉魏》本同。嘉靖本"怛"作"恒"。张本"盛"作"成"。叔通怀笔以专业。嘉靖本、《汉魏》本"叔"作"敬"。黄本、张本依孙汝澄改。夫学业在勤，功庸弗怠，故有锥股自厉，和熊以苦之人。黄本、《汉魏》本、张本、嘉靖本"功庸弗怠"四字、"和熊以苦之人"六字并脱。

附会第四十三

发　指

　　何谓附会？谓总文理，统首尾，定与夺，合涯际，弥纶一篇，使杂而不越者也。是以附辞会义，务总纲领，驱万途于同归，贞百虑于一致。《章句》篇称："原始要终，体必鳞次。启行之辞，逆萌中篇之意，绝笔之言，追媵前句之旨，故能外文绮交，内义脉注，跗萼相衔，首尾一体。"即此之所谓附会，后世之所谓章法。湘乡曾文正公集中有《复陈右铭太守书》，谓："一篇之内，端绪不宜繁多，譬如万山旁薄，必有主峰，龙衮九章，但挈一领。否则首尾衡决，陈义芜杂，滋足戒也。"亦与彦和所称附辞会义，务总纲领义同。

校　勘

　　斯缀思之常数也。嘉靖本、《汉魏》本、张本同。黄本"常"作"恒"。锐精细巧。黄本、《汉魏》本、张本同。嘉靖本"巧"作"乃"。夫文变无方。嘉靖本、《汉魏》本同。黄本、张本"无"作"多"。或尺接以寸附。依黄本。嘉靖本、《汉魏》本、张本"尺"作"片"。然后节文自会。依黄本。嘉靖本、《汉魏》本、张本"节"、"文"二字倒。是以驷牡异力，而六辔如琴；并驾齐驱，而一毂统辐。黄本、张本同。嘉靖本、《汉魏》本无"并驾齐驱"一句。昔张汤拟奏而再却。依黄本。嘉靖本、《汉魏》本、张本"拟（拟）"作"疑"。若夫绝笔断章，譬乘舟之振楫；会词切理，如引辔以挥鞭。黄本、《汉魏》本、张本同。嘉靖本脱"会词切理"两句。寄深写远。黄本、《汉魏》本、张本同。嘉靖本"深"作"在"，"写"下有"以"字，"远"下有"送"字。

总术第四十四

发　指

　　其言汗漫，未喻厥指。而卒以赞曰："文场笔苑，有术有门。务先大体，鉴必穷源。乘一总万，举要治繁。思无定契，理有恒存。"则即前《论说》篇所云"弥纶群言，研精一理"，及《神思》篇云"贯一为拯乱之药"，譬三十之幅，共成一毂，以是为总术而已。总术者，总百虑于一致，以是为术焉尔。兴化刘熙载《文概》曰："《国语》言'物一无文'，后人当更知物无一则无文。盖一乃文之真宰，必有一在其中，斯能用夫不一者也。此之谓总矣。"然而总之必有其术焉，《文概》又曰："《文心雕龙》谓'贯一为拯乱之药'，余谓贯一尤以泯形迹为尚，唐僧皎然论诗所谓抛针掷线也。"又曰："一语为千万语所托命，是为笔头上担得千钧。然此一语正不在大声以色，盖往往有以轻运重者。"此则总之术也。

校　勘

　　可强可弱。嘉靖本、黄本、张本同。《汉魏》本"强"作"张"。故知九变之贯匪穷（窮）。嘉靖本"贯"作"实（實）"、"穷（窮）"作"躬"。黄本、《汉魏》本、张本依杨慎作"贯"，依孙汝澄作"穷（窮）"。芜者亦繁。嘉靖本"芜"作"无"。黄本、《汉魏》本、张本依朱谋㙊改。不必尽宛採之中。嘉靖本、《汉魏》本、张本

同。黄本衍一"挎"字。岂能控引情源。依黄本。嘉靖本、《汉魏》本、张本
"情"作"清"。弃术任心。黄本、《汉魏》本、张本同。嘉靖本"弃"作"无"。乃
多少之并惑。嘉靖本"并"作"非"。黄本、《汉魏》本、张本依许天叙改。

时序第四十五

发　指

　　此篇明文变染乎世情，而特曼衍其辞。其可考信者，爰自汉室，迄至成哀，虽世渐百龄，辞人九变，而大抵所归，祖述楚辞，灵均余影，于是乎在。自哀平陵替，光武中兴，群才稍改前辙，华实所附，斟酌经辞，盖历政讲聚，故渐靡儒风者也。降及献帝、建安之末，观其时文，雅好慷慨，良由世积乱离，风衰俗怨，并志深而笔长，故梗概而多气也。至魏正始，篇体轻澹。而晋则自中朝贵玄，江左称盛，因谈余气，流成文体，是以世极迍邅，而辞意夷泰，诗必柱下之旨归，赋乃漆园之义疏，其大略也。

校　勘

　　平王微而《黍稷》哀。黄本、《汉魏》本、张本同。嘉靖本"王"作"生"。叹儿宽之拟（擬）奏。黄本、《汉魏》本、张本同。嘉靖本"拟（擬）"作"凝"。美玉屑之谭。依黄本。嘉靖本、《汉魏》本、张本"美"作"笑"，"谭"作"谏"。班彪参奏以补令。嘉靖本"奏"作"表"。黄本、《汉魏》本、张本依张振豪改。贾逵给札于瑞颂。嘉靖本"札"作"礼"，"瑞"作"端"。黄本、《汉魏》本、张本依张振豪改。则有班傅三崔。黄本、《汉魏》本、张本同。嘉靖本"傅"作"传（傳）"。于叔德祖之侣。黄本、《汉魏》本、张本同。嘉靖本"于叔"作"子傲"。逮明帝秉

70

哲。黄本、《汉魏》本、张本同。嘉靖本"秉"作"束"。故知文变染乎世情,兴废系(繫)乎时序。黄本、《汉魏》本、张本同。嘉靖本"知"作"治","系(繫)"作"繁"。自明帝以下。黄本、《汉魏》本、张本同。嘉靖本脱"帝"字。文思光被。黄本、《汉魏》本同。嘉靖本、张本"光"作"充"。蔚映十代。黄本、《汉魏》本、张本同。嘉靖本"代"作"伐"。暧焉如面。依嘉靖本。黄本、《汉魏》本、张本"暧"作"旷"。

特色第四十六

发　　指

　　物色者,谓春秋代序,景物相感,情以物迁,辞以情发也。诗人丽则而约言,以少总多,斯情貌无遗。辞人丽淫而繁句,触类而长,故重沓舒状。然物色虽繁,而析辞尚简。四序纷回,而入兴贵闲。流连万象之际,沉吟视听之区。写气图貌,既随物以宛转;属采附声,亦与心而徘徊。情往似赠,兴来如答。物色尽而情有余者,晓会通也。

校　　勘

　　两字连形。嘉靖本、《汉魏》本、张本同。黄本"连"作"穷"。文贵形似。黄本、《汉魏》本、张本同。嘉靖本"形"作"则"。物色虽繁,而析辞尚简。黄本、《汉魏》本、张本同。嘉靖本"析"作"折"。

才略第四十七

发　指

　　《时序》篇总论其世，此篇各论其人。其尤精切者，如谓："卿、渊已前，多俊才而不课学；雄、向以后，颇引书以助文。"又曰："子建思捷而才俊，诗丽而表逸。子桓虑详而力缓，故不竞于先鸣。而乐府清越，《典论》辩要，迭用短长，亦无懵焉。"又曰："陆机才欲窥深，辞务索广，故思能入巧而不制繁。士龙朗练，以识检乱，故能布采鲜净，敏于短篇。"称量以出，不爽刊分。

校　勘

　　莲敖择楚国之令典。嘉靖本"敖"作"教"。黄本、《汉魏》本、张本依曹学佺改。赵衰以文胜从飨。嘉靖本"衰"作"裏"。黄本、《汉魏》本、张本依曹学佺改。公孙挥善于辞令。依黄本。嘉靖本、《汉魏》本、张本"挥"作"翚"。议惬而赋清。黄本、《汉魏》本同。嘉靖本、张本"惬"作"揎"。故扬子以为文丽用寡者长卿。黄本、《汉魏》本、张本同。嘉靖本"故"作"正"。能世厥风者矣。嘉靖本、黄本、《汉魏》本同。张本"能"作"龙（龍）"。迹其为才。依黄本。嘉靖本、《汉魏》本、张本下衍一"也"字。李尤赋铭。黄本、《汉魏》本、张本同。嘉靖本"尤"作"充"。思洽议高。黄本、《汉魏》本、张本同。嘉靖本"奇"作"立"。士龙朗练，以识检乱。嘉靖本"练"作"陈"。黄本、《汉魏》本、张本依王嘉弼改。并桢、幹之实才。黄本、《汉魏》本、张本同。嘉靖本"桢"作"枕"。成公子安,选赋而时美。嘉靖本、黄本、张本同。《汉魏》本"时"作"辞"。孙盛、干宝,文胜为史。黄本、《汉魏》本、张本同。嘉靖本"干宝"作"子实"。遗风籍甚。黄本、《汉魏》本、张本同。嘉靖本"籍"作"藉"。

知音第四十八

发　指

　　知音之难，贵古贱今，日进前而不御，遥闻声而相思，一也；崇己抑人，会已则嗟讽，异我则沮弃，二也；信伪迷真，而俗监之迷者，深废浅售，三也。而欲知音，务先博观。操千曲而声即晓，观千剑而器自识矣。

校　勘

　　才实鸿懿，而崇己抑人者。黄本、《汉魏》本同。嘉靖本、张本脱"者"字。醖藉者见密而高蹈。嘉靖本、《汉魏》本、张本同。黄本"藉"作"籍"。

程器第四十九

发　指

　　此篇明言近代辞人，务华弃实。历数文人无行，而卒之曰："孔光负衡据鼎，而仄媚董贤。……王戎开国上秩，而鬻官嚣俗。"有慨乎其言之也！岂为范云、沈约发乎？范、沈二人，皆以能文章有高名，媚梁武以倾齐祚。而《梁书》本传载，云迁尚书右仆射，犹领吏部，坐违诏用人免。又称约自负高才，昧于荣利，乘时藉势，颇累清谈。彦和目睹文人浇薄，故为发愤一道尔，陈古以监今有心人哉！

校　勘

　　垣墉立而雕墁圬。《汉魏》本、张本同。嘉靖本"墁"作"朽"，黄本作"朽"。孙楚狠愎而讼府。黄本、张本同。嘉靖本"狠"作"很"。《汉魏》本作"恨"。涓流所以寸折者也。黄本、《汉魏》本同。嘉靖本、张本"折"作"析"。既其然矣。嘉靖本、黄本、《汉魏》本同。张本脱"既"字。安有丈夫学文，而不达于政事哉。黄本、《汉魏》本、张本同。嘉靖本"文"作"大"。固宜蓄素以弸中。黄本、《汉魏》本、张本同。嘉靖本"弸"作"刚"。散采以彪外。嘉靖本"采"作"悉"。黄本、《汉魏》本、张本依龚方中改。

序志第五十

发　指

　　彦和自序"《文心》之作，本乎道，师乎圣，体乎经"，而致嘅于"去圣久远，文体解散，辞人爱奇，言贵浮诡，饰羽尚画，文绣鞶帨，离本弥甚，将遂讹滥"。矫世救枉意，跃言表而见。近人黄侃《文心雕龙札记》乃谓彦和之意，以为文章本贵修饰，可谓强作解人者矣。庸讵知原道宗经，彦和所论，乃唐韩愈古文之先声乎？

校　勘

　　故用之焉。嘉靖本"故"字上有"夫"字，"之"字下有"焉"字。"焉"字，黄本、《汉魏》本、张本按《广文选》补。**拔萃出类。**黄本、《汉魏》本、张本同。嘉靖本"类"作"颖"。**夫自肖貌天地。**嘉靖本、黄本"自"作"有"。《汉魏》本、张本依曹学佺改。**禀性五行。**嘉靖本、《汉魏》本、张本同。黄本"行"作"才"。**方声气乎风雷。**黄本、《汉魏》本、张本同。嘉靖本"乎"作"于"。**则尝夜梦执丹漆之礼器至观澜而索源。**自"执"字起至"而"字止，凡三百二十二字，嘉靖本无之。**于是搦笔和墨。**黄本、张本同。《汉魏》本"笔"作"管"。**若乃论文叙笔。**黄本、《汉魏》本、张本同。嘉靖本脱"乃"字。**则囿别区分。**黄本、《汉魏》本、张本同。嘉靖本"囿"作"品"。**原始以表末。**黄本、《汉魏》本、张本同。嘉靖本"末"作"时"。**上篇以上。**黄本、《汉魏》本、张本同。嘉靖本"上"作"一"。

至于割情析采。黄本、《汉魏》本、张本同。嘉靖本"割"作"剖"。笼圈条贯。黄本、张本同。嘉靖本、《汉魏》本上有"必"字。苞会通阅声字。黄本、《汉魏》本、张本同。嘉靖本"苞"作"包","包"字、"阅"字上各有一"以"字。怊怅于知音。嘉靖本"怊怅"作"怡畅"。黄本、《汉魏》本、张本依王性凝改。亦不胜数矣。黄本、《汉魏》本、张本同。嘉靖本"不"字下有"可"字,而末无"矣"字。何能矩矱。黄本、《汉魏》本、张本同。嘉靖本"矩矱"作"规短","短"系"矩"之讹也。

跋

　　彦和《文心》，盖发愤郁结之所为作。其大指归于振经诰以捄雕藻，先理道而后文华。阮文达谓彦和《雕龙》渐开四六之体，此论《雕龙》之文尔。若论宗旨，彦和自序明矣。盖本乎道，师乎圣，体乎经，而谓《周书》论辞，贵乎体要，尼父陈训，恶乎异端，辞训之异，宜体于要，于是搦笔和墨，乃始论文。而《原道》以开宗，《征圣》以明义，裁核浮滥，还宗经诰，盖树八家古文之规模，而扫六朝俪体之缛芜者也。论者乃谓彦和之意，以为文章本贵修饰，尚得谓之知言乎？特其文章，好为偶对，骈四俪六，足于徐、庾外自树一帜。孝穆长书记而善言事，子山工碑版而擅铺叙，而彦和《雕龙》则善议论而工析理，咸以所长，鼎足千古。其刻本以乾隆三年黄叔琳校注纪昀评朱墨刊本为通行。黄校注颇有遗议，而纪评之于训诂义理，则核审归于至当。取涵芬楼景印明嘉靖刊本、乾隆辛亥金溪王氏《重刊汉魏丛书》本、乾隆五十六年长洲张松孙注本，与黄校纪评本互雠一过。《雕龙》旧有明杨慎批点、梅子庚音注，以其相沿既久，别风淮雨，往往有之。虽子庚自谓校正之功，五倍于杨，然中间脱讹，故自不乏。至黄校，盖因杨点梅校而增订之者。独其注出黄客某甲所为，繁芜未得要领。而张注则先外舅王公笏堂遗书。注者行实无闻，惟自序称：余也卅宦场，一麾出守。家原儒素，酷类任昉之贫；学媿书淫，深慕张华之积云云。尾署乾隆五十六年，岁在重光大渊献九月既望，长洲张松孙鹤坪氏并书。略可考见时代仕履。凡例八条，其第四条称：梅子庚元本雠校精，得黄昆圃本依据参考，其字句间有多寡不同，仍照梅本刊刻。第五条称：注释梅本简中伤繁，黄本繁中伤杂，参考之中，略为增损云云。盖刊据梅本，而注则增损梅、黄两刻而重定之者。自序称：视梅注而加详，集杨评而参考，略避雷同，再加刿剟。虽非甚精，而亦罕本。

中华人民造国之十九年九月十八日，无锡钱基博。

读庄子天下篇疏记

目　　录

叙　目[*]

总论

墨翟禽滑厘宋钘尹文

彭蒙田骈慎到关尹老聃

庄周惠施公孙龙

附太史公谈论六家要指考论

右《读〈庄子·天下篇〉疏记》四篇，都三万言，而末附以考论太史公谈《论六家要指》者，盖榷论儒道，兼核刑名，将匡庄生所未逮，而极鄙意之欲言也。谨次述作之指而系之于篇曰：所以严造疏之规者四：一曰"以子解子"，一曰"稽流史汉"，一曰"古训是式"，一曰"多闻阙疑"。凡微言大义之寄，墨之言解以《墨子》书，老之言解以《老子》书，庄之言解以《庄子》书，公孙龙之言解以《公孙龙子》书。其书之后世无传焉者，则解以所自出之宗。如宋钘之明以墨，田骈、慎到之明以老、庄，惠施之明以老、庄。犹不足，则旁采诸子书之言有关者，如宋钘之明以《荀》、《孟》。此之谓"以子解子"。凡辩章流别之事，立乎千载之后，而武断千载以前，无征不信，宁可凿空？必稽之《太史公书》、《汉书·艺文志》以求其信。此之谓"稽流史汉"。凡名物训诂之细，陆氏《释文》有置之不解，解不可通者，必稽训于古经古子古史以求义之所安。如解"以参为验，以稽为决"，则据韩非书"无参验而必之者愚也"。旁证《春秋穀梁传》疏、《国策·秦策》注、《汉书·律历志》注以明"参"之训"交互"，而正《释文》训"参宜也"之非。解"内圣

＊　本书据商务印书馆 1934 年《国学小丛书》本校印。

外王"，则据庄子《天道》、《天运》、《天地》诸篇，旁证《韩诗外传》、《白虎通》、《说文》以明"圣"之古训"通"，"王"之古训"往"。解"椎拍辌断"，则据《老子书》，旁证《史记集解》、《广雅·释诂》以明"椎拍辌断"之即老子"挫其锐解其纷"之义。此之谓"古训是式"。其有不可知者，谨体庄生《齐物》"知止其所不知"之指，敩圣人之"存而不论"，而不敢强不知以为知焉，盖阙如也。此之谓"多闻阙疑"。凡右所陈，私立规约，以为有必不可畔者，而后其法严而铨始真。此造疏之规也。时贤好为疑古，不思"多闻阙疑"之义，而务碎义逃难，便辞巧说，随时抑扬，苟以哗众取宠，辄云"《太史公书》违戾"，又以诸子出于王官，亦刘歆之不根，此则《汉书·艺文志》讥称"安其所习，毁所不见，终以自蔽"，而致患于"辟儒"者也。余读五经诸子史家之书，于说之有相关者，罔不参证以校其异同，互勘以明其得失，所谓"以参为验，以稽为决"者也。囊括群言，约之是篇，将以征古说之不刊，祛时论之妄惑。其间可得而论定者，本事三，附及二。一，《史记·老庄申韩列传》称"庄子之学，无所不窥，然其要本归于老子之言"，《汉书·艺文志》称"某家者流，盖出于某官"，皆按庄生之此篇，斯征无诬于来者。二，"内圣外王之道"，庄子所以自名其学，而奥旨所寄，尽于《逍遥游》、《齐物论》两篇，盖《逍遥游》所以喻众生之大自在，而《齐物论》则以阐众论之无不齐。则是《逍遥游》者，所以适己性，内圣之道也；《齐物论》者，所以与物化，外王之道也。若乃权度百家，见义于篇，则有能明"内圣外王之道"而发之者，道家之关尹、老聃、庄周是也；有暗不明"内圣外王之道"而郁不发者，其它诸家是也。然其中亦有辩：有内而不"圣"外而不"王"者，墨者之墨翟、禽滑厘，辩者惠施、桓团、公孙龙之徒是也；有力求"外王"而未能"内圣"者，道者之支与流裔彭蒙、田骈、慎到是也；有欲为"内圣外王"而未底其境者墨者之支与流裔宋钘、尹文是也；有已底"内圣外王"而未造其极者，庄周之自叙是也。独许关尹、老聃为"博大真人"，惟"博大"斯"王"，惟"真人"乃"圣"，"内圣外王之道"，庶几在是耳！三，惠施"历物之意"，"特与天下之辩者为怪"，多本庄子，为道家之旁门，故以次庄周之后，犹之宋钘、尹文为墨者之支流，故以次于墨翟之后也。然而桓团、公孙龙，辩者之徒，有不与惠施同者。盖惠施发其意以成假设，而辩者历于物以相证实，故不同也。大抵道者体"道"以得"德"，内证之神明，而惠施"历物"以遍说，外证之物理。夫惟道者"抱一""守静"，乃能知化而穷神。至于惠施"外神""劳精"，不免"用知"之"自累"，此惠施之所以不如"道者"也。然惠施"历物之意"而不具体，犹为"秉要执本"。至辩者具体"历物"而不详其意，益流诡辩饰说。此又每况愈下，辩者之所为不如"惠施"者也。然其要本归于老子之言。而寻声逐响者，方谓惠施、公孙龙为别墨，而祖述墨辩，以正别名显于世。于戏！太史公不云乎："非好学深思，心知其意，固未易为浅见寡闻者道也。"此本事三也。附及二者：一据荀子《正名》篇，以阐《汉书·艺文志》"古者名位不同，礼亦异数"之指，则因阐"以名为表"之说而附及焉者也。一据庄子《在宥》、《天道》两篇，以征《汉书·艺文志》"道家者流，秉要执本"之为"君人南面之术"，则因发"百官以事为帝"之指而附及焉者也。如此之类，不更仆数，匪徒一家之疏记，将发九流之管钥。然有一义，漏未铨叙：庄生著篇以论衡天下之治方术者：曰墨翟、禽滑厘，曰宋钘、尹文，曰彭蒙、田骈、慎到，曰关尹、老聃，曰庄周，曰惠施、公孙龙。五者皆许为出"古之道术"，而不私"道"为一家之所有，且历举其人，明其殊异，而不别之曰某家某家。有《汉书·艺文志》著录其书，隶之一家，而此明其殊异者，如田骈之别出于关尹、老聃，而关尹、老聃之后，又别出庄周，《汉志》则并隶其书入道家，尹文亦别出于惠施，而《汉志》则并隶其书入名家是也。有《汉书·艺文志》著录其书，析隶两家，而此举以并论者，如《汉志》《宋子》十八篇著小说家，《尹文子》一篇著名家，而此以尹文与宋钘并论，《汉志》《田子》二十五篇著道家，《慎子》四十二篇著法家，而此以慎到与田骈并论是也。盖诸子之别某家也，始著于史谈之《论六家要指》，论定于刘向父子之校《诸子略》，徒以便称举明概念耳，非其本真如此，按之庄生此篇而可知也。

余论庄生此篇以授及门，壬戌以来，四年六度矣，今年第七度也。鄙怀所陈，傥有违于时贤。然余读《汉书·儒林传》，至辕固之诏公孙宏曰："公孙子务正学以言，毋曲学以阿世。"辄悚仄起敬，为慕其人也。我则知免矣，宁独以诵说庄生哉！君子道贵自立，时有利钝，非所逆计也。无锡钱基博自叙于京师西郊清华园之古月堂。时则中华民国之十五年四月十八日。徒以强藩称兵，民政解纲，国且不国，何有于民。流离死亡者，百万不尽数。赤地千里，城门昼不开者三日。戎马生郊，天下汹汹，未知何时可已。而仆家居江南，蚤毁其室；方跻强仕之年，重闵有生之酷；即此足以刳心去智，齐得丧，一成毁，放乎自得之天，而不以梏我神明，宁必以梁元帝围城讲老子为大厉哉！斯固圣者之遂命，而为庄生之所许已。

总　　论

天下之治方术者多矣，皆以其有为不可加矣。

博按：此篇总论"天下之治方术者"，故以篇首"天下"二字为题。两语盖言天下之治方术者，皆以其所有之方术，为人之所莫加也，意极显明。而郭象注深求之，谓"为其所有为，则真为也；为其真为则无伪矣；又何加焉。"则说迂曲而不易晓矣。古书有深求而益晦者，此类是也。

古之所谓道术者果恶乎在？曰："无乎不在。"

博按："无乎不在"四字，庄子书明道之第一义谛也。庄子《齐物论》曰："道恶乎往而不存，言恶乎存而不可；道隐于小成，言隐于荣华。"又曰："古之人其知有所至矣。恶乎至？有以为未始有物者，至矣尽矣，不可以加矣。其次以为有物矣，而未始有封也。其次以为有封焉，而未始有是非也。是非之彰也，道之所以亏。"此言道亏于有所在也。又《齐物论》曰："夫道未始有封，言未始有常，为是而有畛也。"郭象注："道无封，故万物得恣其分域。"《知北游》曰："东郭子问于庄子曰：'所谓道，恶乎在？'庄子曰：'无所不在。'东郭子曰：'期而后可。'庄子曰：'在蝼蚁。'曰：'何其下耶？'曰：'在稊稗。'曰：'何其愈下耶？'曰：'在瓦甓。'曰：'何其愈甚耶？'曰：'在屎溺。'东郭子不应。庄子曰：'夫子之问也，固不及质。正获之问于监市履狶也，每下愈况。汝唯莫必，无乎逃物，至道若是。'"此言道在于"无不在"也。安有"天下之治方术者"而无当于"古之所谓道术"，而不为道之所在者乎？《老子》言道德，此篇言道术。老子曰："道法自然。"（《老子》第二十五章)然则自然之理之谓"道",而得"道"之谓"德"。"德者,得身也。"(《韩非子·解老》)行"道"之谓"术"。"术","路也"(《后汉书·冯衍传》注),"所由也"(《礼记·乐记》"然后心术形焉"注)。"有封","有是非",则亏于"道";"未始有封","无乎不在",则全于"道"。此"道"之所以有成亏也。贾子《新书·道术》篇曰:"道者所从接物也,其本者谓之虚,其末者谓之术。虚者言其精微也,平素而无设施也。术也者,所以制物也,动静之数也。凡此皆道也。"此"道"之所以不废"术"也。"术"者,所以行"道"也。"汝惟莫必,无乎逃物,至道若是",故曰"道者所从接物也"。"其本者谓之虚",惟虚乃能容物。不师成心,不为意必,而理无不赅,物无乎逃矣。

　　曰:"神何由降? 明何由出?""圣有所生,王有所成,皆原于一。"

　　博按: 此庄子设问道既无乎不在,则神圣明王何由降出,独与众异,而答以"圣人抱一为天下式也"(《老子》第二十二章)。"圣"之为言,通也。(《白虎通·圣人》篇:"圣者,通也。"《说文·耳部》:"圣,通也。"它书不具引。)"王"之为言,往也。(《韩诗外传》:"王者,往也。天下往之谓之王。"《说文·王部》:"王,天下所归往也。"它书不具引。)体道之谓"圣",故曰"有所生"。行道之谓"王",故曰"有所成"。庄子此篇,盖通论"天下之治方术者",而折衷于老子,可以老子之言明之。老子曰:"道生一,一生二,二生三,三生万物。"王弼注:"万物之生,吾知其主。"(《老子》第四十二章)此"圣有所生",原于"一"也。又曰:"万物负阴而抱阳,冲气以为和。"王弼注:"万物万形,其归一也;虽有万形,冲气一焉。"(同上,第四十二章)此"王有所成",原于"一"也。老子又曰:"有物混成,先天地生,寂兮寥兮,独立不改,周行而不殆,可以为天下母。吾不知其名,字之曰道,强为之名曰大。大曰逝,逝曰远,远曰反。故道大,天大,地大,王亦大。域中有四大,而王居其一焉。"(《老子》第二十五章)此"圣有所生","王有所成",皆原于"一"也。按"王"者，往也，往即"逝"（《尔雅·解诂》："逝，往也。"庄子《天地篇》："沛乎其为万逝也。"郭象注："德泽滂沛，任万物之自往也。"），而"逝"之"曰反"，即"周行"也。庄子之所谓"王有所成"者，谓惟迈往有所成也。老子之云"王亦大"者；"大"之义，即庄子云"无乎不在"，云"王亦大"者，谓道之独往独来，无所不周普，所谓"独立不改，周行而不殆"也。故曰"大曰逝，逝曰远，远曰反"。不"反"则"殆"，不"反"则"改"，则"圣"有所生于"一"者，而"王"不必还成"一"矣。此"道"之所以大"周行"，而孔子传《易》必系之曰"周流六虚"也。余读《史记·老庄申韩列传》，称"庄子之学，无所不窥，然其要本归于老子之言"，正可于此篇参之。

不离于宗，谓之天人。不离于精，谓之神人。不离于真，谓之至人。以天为宗，以德为本，以道为门，兆于变化，谓之圣人。以仁为恩，以义为理，以礼为行，以乐为和，薰然慈仁，谓之君子。以法为分，以名为表，以参为验，以稽为决，其数一二三四是也，百官以此相齿，以事为常。以衣食为主，蕃息畜藏，老弱孤寡为意，皆有以养（梁启超《庄子天下篇释义》曰："'老弱孤寡为意'，文不可通。疑'为意'二字当在'养'字下，文为'蕃息畜藏，老弱孤寡，皆有以养为意'。"），民之理也。

博按：此庄子所以品次"天下之治方术者"。自庄生观之："天下之治方术者"，道者为上，儒次之，百家之学又次之，而农家者流为下。盖孟子讥为神农之言者，谓："以百亩之不足为己忧者，农夫也！"（《孟子·滕文公上》）《汉书·艺文志》曰："农家者流，播百谷、劝耕桑以足衣食。故八政，一曰食，二曰货。孔子曰：'所重民食。'"此所谓"以衣食为主，蕃息畜藏，老弱孤寡为意，皆有以养，民之理也"。庄子《庚桑楚》又讥之曰："简发而栉，数米而炊，窃窃乎又何足以济世哉！"以故次之于末而略不详说焉。斯固卑之无甚高论矣。独道者"以天为宗"，"以德为本"，"以道为门"，"不离于精"，"不离于真"，而"兆于变化"，所谓"配神明，醇天地"者也（"配神明，醇天地"见下文）。故翘然首举为"天人"，为"神人"，为"至人"，为"圣人"。而儒者"以仁为恩"，"以义为理"，"以礼为行"，"以乐为和"，"薰然慈仁"，则为"君子"。"君子"者，儒家者言以示人范者也，故以厕于"天人"、"神人"、"至人"、"真人"之次，虽不如道者"配神明，醇天地"之于道最为高，而"顺阴阳"、"明教化"以助人君者也。（《汉书·艺文志》："儒家者流，助人君，顺阴阳，明教化者也。"）至"百官""以法为分"，"以名为表"，"以参为验"，"以稽为决"，"其数一二三四"，"以此相齿"，"以事为常"，此则儒者荀子所谓"循法则度里刑辟图籍，不知其义，谨守其数，慎不敢损益，是官人百吏之所以取禄秩"（《荀子·荣辱》篇），若曰"名法诸家之学，盖百官之以相齿而常有事"，而为《汉书·艺文志》云"某家者流出于某官"之所本也。博按："百官以此相齿，以事为常"之"以"，即承前"以法为分，以名为表，以参为验，以稽为决"之四"以"字而言，若曰"四者，百官之持以相齿而事事也"。所谓"以法为分"者，"分"当读符问切，"制也"（《荀子·荣辱》篇"诗书礼乐之分乎"注），决也（《文选·答宾戏》"烈士有不易之分"注）。决事必以法为准，此法家之正义也，可以法家言明之。所谓"法"者，何也？《管子·七法》曰："尺寸也，规矩也，绳墨也，衡石也，斗斛也，角量也，谓之法。"何谓"以法为分"？《管子·明法》曰："先王之治国也，不淫意于法之外，不为惠于法之内也，动无非法者，所以禁过而外私也。威不两错，政不二门，以法治国，则举错而已。是故有法度之制者，不可巧以诈伪。有权衡之称者，不可欺以轻重。有寻常之数，不可差以长短。是故先王之治国也，使法择人，不自举也；使法量功，不自度也。"此之谓"以法为分"也。故曰："法者，所以兴功惧暴。律者，所以定分止争。令者，所以使人知事。法律政令者，吏民规矩绳墨也。"此著于《管子·七臣》者也，虽然，"分"之必以"法"者何也？《慎子·威德》篇曰："法虽不善，犹愈于无法，所以一人心也。"《群书治要》引《慎子》曰"夫投钩分财，投策分马，非钩策为均也；使得美者不知所以赐，得恶者不知所以怨，此所以塞怨望也。"此"分"之所为必以"法"也。所谓"以名为表"者，《荀子·儒效》篇"行有防表"注："表，标也。""以名为表"，盖名家之学，而《汉书·艺文志》推论"名家者流出于礼官，古者名位不同，礼亦异数"。余读诸子书善言礼者，莫如《荀子》，而阐"以名为表"之旨者，故莫审于荀子也。其见意于《正名》篇者曰："王者之制名，名定而实辩，道行而志通，则慎率民而一焉。故析辞擅作名①以乱正名，使民疑惑，人多辩讼，则谓之大奸，其罪犹为符节度量之罪也。"然则乱名之罪，比于犯法矣。此"以名为表"之说也。虽然，傥表之不以"名"则奈何？荀子则重申其指曰："异形离心，交喻异物，名实玄纽，贵贱不明，同异不别，如是则志必有不喻之患，而事必有困废之祸。故知者为之分别。制名以指实，上以明贵贱，下以别同异，贵贱明，同异别，如是则志无不喻之患，事无困废之祸，此所为有名也。"正与《汉志》"名位不同，礼亦异数"之指相发。故曰："名不正，则言不顺。"无名，则何以表焉。此"表"之所为必以"名"也。惟儒者正名以齐礼；而法家稽名以准法。《尹文子·大道上》曰："以名稽虚实，以法定治乱，万事皆归于一，百度皆准于法，则顽嚚聋瞽，可与察慧聪明同其治也。能鄙齐功，贤愚等虑，此至治之术。""韩非引绳墨，切事情，明是非"（《史记·老庄申韩列传赞》），"以参为验，以稽为决"，所以谨名法之操而审其用。"盖以参为验"者，参名与法而验其当。"以稽为决"者，稽所参验而决其可也。夫"决"必期于"参验"者，何也？《韩非子·显学》篇曰："无参验而必之者，愚也！弗能必而据之者，诬也！故明据先王，必定尧舜者，非愚即诬也！"此正所以讥不稽于"参验"而为"决"者之"非愚即诬"。《国策·秦策》"寡人决讲矣"注："决，必。"是"决"即"必"。然则韩非谓"无参验而必之者愚"，犹云"无参验，而决之者愚"也。按《春秋穀梁》桓五年传"盖参讥之"疏："参者，交互之意。"《汉书·律历志上》"立则见其参于前也"注引孟康曰："权衡量三等为

①　名，原作"民"。或以"名"为衍文。

参。"然则"参"者,盖交稽互证之谓。衡政则偏听成奸,论学则孤证不信,故必"以参为验"也。《荀子·解蔽》篇曰:"参稽治乱而通其度。"注:"参,验。"而《韩非子·主道》篇曰:"有言者自为名,有事者自为形,形名参同。"即"以参为验,以稽为决"之意。此亦名、法家之治,连"以法为分"、"以名为表"而合言之曰"其数一二三四"。百官之以相齿而常有事者,"此"也,故曰"百官以此相齿,以事为常"。《庄子·天地》篇曰:"上治人者,事也。"事其事,而"以法为分,以名为表,以参为验,以稽为决"者,百官之"常",而非帝王之所"以"也。何以言其然?《庄子·天地》篇曰:"礼法度数,刑名比详,治之末也。"博按:"礼法度数",即谓"以法为分"。《荀子·劝学》篇曰"礼者法之大分"是也。"刑名"者,即"以名为表"之谓,古"形"、"刑"通,形于外者谓之"表",故威仪亦称"表仪",《春秋左氏》文六年传"引之表仪"是也。至所谓"比详"者,盖参比"礼法度数刑名"而详其可否得失,所谓"以参为验,以稽为决"也。然而庄子则于《天道》篇重言以申明之曰:"礼法度数,刑名比详,古人有之,此下之所以事上,非上之所以畜下也。"故曰:事其事而"以法为分,名为表,以参为验,以稽为决",百官之"常",而非帝王之所"以"也。帝王之所"以"则奈何?《庄子·天道》篇曰:"帝王之德,以天地为宗,以道德为主,以无为为常。无为也,则用天地而有余。有为也,则为天下用而不足。故古之人贵夫无为也。上无为也,下亦无为也,是下与上同德,下与上同德,则不臣。下有为也,上亦有为也,是上与下同道,上与下同道,则不主。上必无为而用天下,下必有为为天下用,此不易之道。"然则"礼法度数,刑名比详"者,"有为为天下用"之"事",百官之以为"常",儒、法、名、墨诸家是也。至老子曰"道常无为而无不为"(《老子》第三十七章),则"无为而用天下"之"道","上之所以畜下",而帝王之以为"常"者也。故曰:"道有天道,有人道。无为而尊者,天道也。有为而累者,人道也。主者,天道也。臣者,人道也。天道之与人道,相去远矣,不可不察。"此又庄子之所著论于《在宥》篇者也。博按:"天道"者,"无为而尊"之

"主道"，道家得以为德，曰"上德无为而无不为"者也。(《老子》第三十八章)"人道"者，"礼法度数，刑名比详"，儒、法、名、墨之"有为而累"，"下之所以事上"，故曰"臣道"，而诏"百官"之有"常"。信如庄子所云，则是百官"以事为常"，而"帝王之德""以无为为常"也。余读《汉书·艺文志》论列诸子十家，独称"道家者流，秉要执本，君人南面之术"，有以也夫! 有以也夫!

　　古之人其备乎! 配神明，醇天地(章炳麟《庄子解故》曰："醇借为准。《地官》'质人壹其淳制'，《释文》'淳音准'是其例。《易》曰：'《易》与天地准。'配神明准天地二句同意。")，育万物，和天下，泽及百姓，明于本数，系于末度，六通四辟，小大精粗，其运无乎不在。其明而在数度者，旧法世传之史，尚多有之。其在于《诗》、《书》、《礼》、《乐》者，邹鲁之士，搢绅先生多能明之。《诗》以道志，《书》以道事，《礼》以道行，《乐》以道和，《易》以道阴阳，《春秋》以道名分。其数散于天下而设于中国者，百家之学，时或称而道之。天下大乱，贤圣不明，道德不一，天下多得一察焉以自好(王念孙《读书杂志》以一察连读。俞樾《诸子平议》曰："察当读为际，一际犹一边也。《广雅·释诂》'际'、'边'并训'方'，是际与边同义。'得其一际'即得其一边，正不知全体之谓。察、际并从祭声，故得通用耳。")。譬如耳目口鼻，皆有所明，不能相通；犹百家众技也，皆有所长，时有所用。虽然，不该不遍，一曲之士也。判天地之美，析万物之理，察古人之全(梁启超《庄子天下篇释义》曰："察古人之全，亦当读为际。察字与判字析字并举，皆言割裂天地之美，万物之理，古人之全，而仅得其一体，此所以不该不遍，而适成其为一曲之士也。")，寡能备于天地之美，称神明之容!

博按：此亦品次"天下之治方术者"，承上文而申其指也。"育万物"、"和天下"、"泽及百姓"三语，言"古之人"德无不普。"明于本数"、"系于末度"二语，言"古之人"知无不该。要而言之曰"备"。大而赞之曰"六通四辟，小大精粗，其运无乎不在"。然而"配神明"、"醇天地"，此所谓"不离于宗，谓之天人；不离于精，谓之神人；不离于真，谓之至人；以天为宗，以德为本，以道为门，兆于变化，谓之圣人"者也。惟宗"天"本"德"而"不离于精"、"不离于真"，所谓"配神明，醇天地"者，特"天人"、"神人"、"至人"、"圣人"之所谓。"秉要执本"，至稽之"礼法度数，刑名比详"以有事于百官，所以"育万物"、"和天下"、"泽及百姓"者，则固不能遗弃一切而不与民生事物为缘。故曰"明乎本数，系于末度"，此"古之人"所为"六通四辟"，无愧于"备"，而运之小大精粗无不在者也。自道德之不一，"天下多得一察焉以自好"。"其在于《诗》、《书》、《礼》、《乐》者，邹鲁之士，搢绅先生多能明之"，《诗》以道志，《书》以道事，《礼》以道行，《乐》以道和，《易》以道阴阳，《春秋》以道名分，而不同"礼法度数，刑名比详"之所谓"治之末"，此之谓"本数"。而"邹鲁之士，搢绅先生多能明之"，此所谓"明于本数"者也。《汉书·艺文志·六艺略》曰："《乐》以和神，仁之表也。《诗》以正言，义之用也。《礼》以明体，明者著见，故无训也。《书》以广听，知之术也。《春秋》以断事，信之符也。"然则"明于《诗》、《书》、《礼》、《乐》"之"邹鲁之士，搢绅先生"，殆即所谓"以仁为恩，以义为理，以礼为行，以乐为和，薰然慈仁，谓之君子"者也。谓之"本数"者，若曰"礼法度数"之本尔，尚非真能宗"天"本"德"，而"不离于精"、"不离于真"者也。《庄子·天运》篇载孔子谓老聃曰："丘治《诗》、《书》、《礼》、《乐》、《易》、《春秋》六经，孰知其故矣。"老子曰："六经，先王之陈迹也，岂其所以迹哉！"然则"邹鲁之士，搢绅先生"多能明《诗》、《书》、《礼》、《乐》者，特是明"礼法度数"之本，尚非真能遗外形迹，深明道本而知"所以"者。傥有"以本为精"，"以物为粗"，"澹然独与神明居"，如所称关尹、老聃者，则谥之曰博大真人（见下《疏记》三），盖与古之所谓"天人"、"神人"、"至人"、"圣人"同实而殊名者也，厥为道家祖，"以有积为不足"，"建之以常无有"。而游文六艺，"明于本数"之邹鲁之士、搢绅先生，盖后世儒家之所从出焉。至云"明而在数度者，旧法世传之史尚多有之"，"其数散于天下而设于中国者，百家之学，时或称而道之"，盖"系于末度"，所谓"以法为分，以名为表，以参为验，以稽为决，其数一二三四，百官以此相齿，以事为常"者也。按《说文·自部》："官，吏事君也。"《一部》："吏，治人者也，从一，从史，史亦声。"《史部》："事，职也，从史屮省声。""史，记事者也，从又持中。"江永《周礼疑义举要·秋官》篇云："凡官府簿书谓之中，故诸官言'治中'、'受中'，小司寇'断庶民狱讼之中'，皆谓簿书，犹今之案卷也。此中字之本义。故掌文书者谓之史，其字从又从中。又者，右手，以手持簿书也。吏字、事字皆有中字，天有司中星，后世有治中之官，皆取此义。"《周礼》大小官多名史以此，故"百官"即"史"。谓之"世传之史"者，按《春秋左氏》隐八年传：众仲曰："官有世功，则有官族。"古者官有世族，故曰"世传之史"。然《孟子》书叙五霸桓公为盛，葵丘之会，四命曰"士无世官"（《孟子·告子下》），则是齐桓之时，世官已为禁令。而庄子生于春秋之衰，故曰"旧法"，然去古未远，故曰"旧法世传之史，尚多有之"。史之所明在数度，《礼记·郊特牲》云："礼之所尊，尊其义也；失其义，陈其数，祝史之事"是也。而谓之"系于末度"者，《庄子·天道》篇云"礼法度数，刑名比详，治之末"，故曰"末度"也。《荀子·荣辱》篇云："循法则度量刑辟图籍，不知其义，谨守其数，慎不敢损益也，父子相传以持王公，是故三代虽亡，治法独存。是官人百吏之所以取禄秩。"曰"谨守其数，慎不敢损益"，即"系"之意。曰"父子相传以持王公"，即"世传"之义，其言与庄子合。故曰"明而在数度者，旧法世传之史，尚多有之"也。"其数散于天下而设于中国，百家之学时或称而道之"者。按《说文·宀部》："宦，仕也。"段玉裁注："《人部》：'仕者，学也。'《左传》'宦三年矣'，服虔云：'宦，学也。'《曲礼》'宦学事师'注云：'宦，仕也。'熊氏云：'宦谓学官事。学谓习六艺。'二者俱是事师。"此"百官"之"事"，所由流而成为"百家之学"；而益征《汉书·艺文志》云

"某家者流出于某官"之说为不可易也。惟百家之学，"系于末度"，而非庄子意之所先。《庄子·天道》篇云："古之明大道者，先明天而道德次之。道德已明而仁义次之。仁义已明而分守次之。分守已明而形名次之。形名已明而因任次之。因任已明而原省次之。原省已明而是非次之。是非已明而赏罚次之。赏罚已明而愚智处宜，货贱履位，仁贤不肖袭情，必分其能，必由其名，故书曰'有形有名'。形名者，古人有之，而非所以先也。骤而语形名赏罚，此有知治之具，非知治之道，可用于天下，不足以用天下。此之谓辩士一曲之人！"盖甚言名法诸家之非所先，而为"辩士一曲之人"。此之所谓"不该不遍一曲之士"也。"判天地之美"，"析万物之理"，"察古人之全"，岂所论于"备天地之美"，"称神明之容"者哉！

> 是故内圣外王之道，暗而不明，郁而不发。

博按："圣"之为言"通"也，所以适己性也，故曰"内"。"王"之为言往也，所以与物化也，故曰"外"。"内圣外王"，盖庄生造设此语以阐"道"之量，而持以为扬榷诸家之衡准者。惟引庄生之言足以明之。《庄子天道》篇曰："通于圣。"又《天运》篇曰："圣也者，达于情而遂于命也。天机不张而五官皆备，此之谓天乐，无言而心说。"又《天地》篇曰："圣人鹑居而鷇食，鸟行而无彰，天下有道则与物皆昌，天下无道则修德就闲，千岁厌世，去而上仙，乘彼白云，至于帝乡，三患莫至，身常无殃，则何辱之有！"则是"圣"之谓"内"，所以适己性也。《天地》篇又曰："无为为之之谓天。无为言之之谓德。爱人利物之谓仁。不同同之之谓大。行不崖异之谓宽。有万不同之谓富。故执德之谓纪。德成之谓立。循于道之谓备。不以物挫志之谓完。君子明于此十者，则韬乎其事心之大也，沛乎其为万物逝也。"郭象注："德泽滂沛，任万物之自往也。"博按：《尔雅·释诂》："逝，往也。"则"往"即"逝"。故曰："王德之人，素逝而耻通于事（郭象注：任素而往耳，非好通于事也。），立之本原而知通于神，故其德广，其心之出，有物采之。故形非道不生，生非德不明。存形穷生，立德明道，非王德者耶！荡荡乎！忽然出，勃然动，而万物从之乎！此谓王德之人。"则是"王"之谓"外"，所以与物化也。内之以成"圣"，外之以成"王"，而要必蕲于"刳心"。《庄子·天地》篇曰："夫道，覆载万物者也，洋洋乎大哉！君子不可以不刳心焉。"盖不"刳心"，不足以契"道"也。夫有心则累其自然而不肯"任万物之自往"，惟"刳心"，而后内则"圣"，外则"王"，乃契于"道"。惟不"刳心"，而"天下多得一察焉以自好"，"譬如耳目口鼻，各有所明，不能相通"。此"内圣外王之道"，所以"备于天地之美，称神明之容"也。老子言"道"、"德"，庄子言"内圣"、"外王"。"道"也者，人之所共由也，庄子谥之曰"外王之道"。"德"也者，我之所自得也，庄子谥之曰"内圣之道"。"内圣"得其自在，"外王"蕲于平等。维纲所寄，其唯《逍遥游》、《齐物论》二篇。斯章生之所云（章炳麟《齐物论释》序），信有当于知言也！体任性真，故自由而在我，《逍遥游》之指也。理绝名言，故平等而咸适，《齐物论》之指也。综《庄子》书三十三篇，其大指以为：俯仰乎天地之间，逍遥乎自得之场，固养生之主也。然人间世情伪万端，而与接为构，日以心斗，唯无心而不自用者，为能放乎逍遥而得其自在也。夫唯逍遥之至者，为能游心乎德之和，不系累于形骸，而见其所丧，视丧其足，犹遗土也，斯固德充之符矣！是则虽天地之大，万物之富，其所宗而师者无心也。夫无心而放乎自在，任乎自化者，应为帝王也。然则《养生主》、《人间世》及《德充符》三篇，所以尽《逍遥游》不言之指，而《大宗师》及《应帝王》则以竟《齐物论》未发之蕴者也。此《内篇》之大凡也。凡《外篇》十五：曰《骈拇》，曰《马蹄》，曰《胠箧》，曰《在宥》，四篇言绝圣弃知，绝仁弃义以去性命之桎梏。曰《天运》，言逍遥无为之为采真之游。曰《刻意》，言逍遥之在恬淡寂寞虚无无为。曰《缮性》，言以恬养知之为逍遥。曰《至乐》，言至乐唯逍遥于无为。曰《达生》，言弃世则无累于逍遥。曰《山木》，言虚己以游世之孰能害。曰《田子方》，言游于物之初。此言《逍遥游》也。曰《天地》，言不同同之之为王德。曰《天道》，言静而圣、动而王之壹于虚静恬淡寂寞无为，所以明内圣外王之无二道，亦《齐物论》之指也。《秋水》言小大之齐。《知北游》言死生之齐。此言《齐物论》也。凡《杂篇》十。其中言《逍遥游》者五：曰《外物》，曰《让王》，曰《盗跖》，曰《渔父》，曰《列御寇》。言《齐物论》者五：曰《庚桑楚》，曰《徐无鬼》，曰《则阳》，曰《寓言》，曰《说剑》。一言以蔽之，曰"道法自然"，无殊于"内圣"、"外王"也。不任自然，则失其性命之情。一任自然，则安于性命之情。性命之安在我，则放乎逍遥之游，内圣之德也。性命之安在人，乃以征物论之齐，外王之道也。此《庄子》书之大指也。然《庄子》书三十三篇，言《逍遥游》者二十篇，言《齐物论》者十二篇，而本篇之为叙录者不算焉，则是详于内圣而略于外王也。于戏！庄生不云乎？"道之真以治身，其绪余以为国家，其土苴以治天下。由此观之，帝王之功，圣人之余事也，非所以完身养生也。"（《让王》篇）故略之也。

> 天下之人，各为其所欲焉以自为方。悲夫！百家往而不反，必不合矣。后世之学者，不幸不见天地之纯，古人之大体。道术将为天下裂。

博按：庄子《齐物论》曰："道未始有封。""天下之人，各为其所欲焉以自为方"，则是道之有封矣。有封，斯有是非。《齐物论》又曰："是非之彰也，道之所以亏也。道之所以亏，爱之所以成。"郭象注："道亏，则情有所偏而爱有所成，未能忘爱释私，玄同彼我也。"则是道术之为天下裂，而后"天下之人，各为其所欲焉以自为方"也。大抵百家之所为，殊异于老庄者：老庄弃智而任道，百家遗道而徇智。弃智而任道者，有以"见天地之纯"，"察（读如字）古人之全"，而是非之畛泯。遗道而徇智者，将以"判天地之美"，"析万物之理"，而彼我之见纷。盖道者主"一"以窥大道之全，而百家裂"道"以明"一曲"之智，"浑沦"之与"琐碎"异（《列子·天瑞》曰：气形质具而未相离，故曰浑沦。浑沦者，言万物相浑沦而未相离也。），"玄同"之与"相非"违也。

杨子《法言·问道》曰:"道以导之,德以得之,仁以人之,义以宜之,礼以体之,天也,合则浑,离则散。""天下之人,各为其所欲焉以自为方。悲夫! 百家往而不反,必不合矣。""循于道之谓备,不以物挫志之谓完",此道者所以于百家最为高,而救一切圣智之祸也!

墨翟禽滑厘　宋钘尹文

不侈于后世，不靡于万物，不晖于数度，以绳墨自矫而备世之急，古之道术有在于是者。墨翟、禽滑厘闻其风而说之。为之大过，已之大顺（梁启超《庄子天下篇释义》曰：已，止也。即下文"明之不如其已"之已。大顺即太甚之意，言应做之事做得太过分，应节止之事，亦节止得太过分。顺、甚音近可通也。）。作为《非乐》，命之曰《节用》，生不歌，死无服。墨子泛爱兼利而非斗，其道不怒，又好学而博，不异，不与先王同，毁古之礼乐。黄帝有《咸池》，尧有《大章》，舜有《大韶》，禹有《大夏》，汤有《大濩》，文王有辟雍之乐，武王、周公作《武》。古之丧礼，贵贱有仪，上下有等，天子棺椁七重，诸侯五重，大夫三重，士再重。今墨子独生不歌，死不服，桐棺三寸而无椁，以为法式。以此教人，恐不爱人。以此自行，固不爱己。未败墨子道，虽然，歌而非歌，哭而非哭，乐而非乐，是果类乎？其生也勤，其死也薄，其道大觳，使人忧，使人悲，其行难为也，恐其不可以为圣人之道。反天下之心，天下不堪，墨子虽独能任，奈天下何？离于天下，其去王也远矣。墨子称道曰："昔者禹之湮洪水，决江河而通四夷九州也，名山三百（俞樾《诸子平议》曰：名山当作名川。），支川三千，小者无数。禹亲自操橐耜而九杂天下之川，腓无胈，胫无毛，沐甚雨，栉疾风，置万国。禹大圣人也，而形劳天下也如此。"使后世之墨者，多以裘褐为衣，以跂蹻为服，日夜不休，以自苦为极，曰："不能如此，非禹之道也，不足为墨。"

博按："不与先王同"，当连下"毁古之礼乐"读，所以证墨子之

102

"不侈于后世，不靡于万物，不晖于数度"者也。盖墨子之意，主于节用，生当先王礼明乐备之后，而"毁古之礼乐"，"命之曰《节用》，生不歌，死无服"。此其所以"不与先王同"，岂非所谓"不侈于后世，不靡于万物，不晖于数度"者耶？此《节用》、《节葬》、《非乐》诸篇之指也。"先王"，谓黄帝、尧、舜、禹、汤、文、武、周公；而"后世"则专指周而言。《论语·八佾》：子曰："周监于二代，郁郁乎文哉！"正所谓"靡于万物"，"晖于数度"之世。《说文·日部》："晖，光也。"《太玄经·视·次五》："厥德晖如。"注："晖如，文德之貌也。"墨子之嫉文德与老子同，而微有异者，盖老子欲反周之文以跻之"古始"之"朴"（《老子》第十九章曰：绝圣弃智，民利百倍；绝仁弃义，民复孝慈；绝巧弃利，盗贼无有。此三者以为文不足，故令有所属，见素抱朴。），而墨子则矫周之文胜而用夏之质。《淮南子·要略训》云："墨子学儒者之业，受孔子之术，以为其礼烦扰而不说，厚葬靡财而贫民，服伤生而害事，故背周道而用夏政。"今庄子之称墨子曰："使后世之墨者，多以裘褐为衣，以跂𫏋为服，日夜不休，以自苦为极，曰：'不能如此，非禹之道也，不足为墨。'"与淮南之说同。而儒者荀子则著《富国》篇以非墨子之节用，著《礼论》篇以斥墨子之短丧，著《乐论》篇以贬墨子之非乐，而最其指于《解蔽》篇，一言以蔽之曰"墨子蔽于用而不知文"，皆指此篇所称"墨子命之曰《节用》，生不歌，死无服"、"毁古之礼乐"而言。至荀子《天论》篇曰："墨子有见于齐，无见于畸。"其非墨子之见于《非十二子》篇者曰："不知壹天下建国家之权称，上功用，大俭约而僈差等，曾不足以容辩异。"此墨子《尚同》之指，而此篇所云"墨子泛爱兼利而非斗，其道不怒，又好学而博，不异"者也。"不异"，即荀子所谓"有见于齐"；而"不异"之"异"，即荀子《非十二子》篇"僈差等，曾不足以容辩异"之"异"。惟荀子所谓"僈差等"者，承"上功用大俭约"而言，犹是《节用》、《节葬》之指。而庄生所云"不异"者，承"泛爱兼利而非斗，其道不怒"而言，乃是《兼爱》、《非攻》之义。然则庄生云"不异"，荀子曰"僈差等"，谓墨子之"有见于齐"同；而庄以议墨之兼爱，荀以非墨之节用,所以谓墨子之"有见于齐"者则异。墨子之道多端,其书七十一篇,著有①《汉书·艺文志》,今存者五十三篇。《鲁问》篇:墨子之语魏越曰:"凡入国,必择务而从事焉。国家昏乱,则语之《尚贤》、《尚同》。国家贫,则语之《节用》、《节葬》。国家憙音沉湎,则语之《非乐》、《非命》。国家淫僻无礼,则语之《尊天》、《事鬼》。国家务夺侵陵,则语之《兼爱》、《非攻》"。今《墨子》书虽残缺,然自《尚贤》至《非命》三十篇,所论略备。而要其归,不外《节用》、《兼爱》。其余诸端,皆由《节用》、《兼爱》推衍而出。如《节葬》、《非乐》诸义,由《节用》而出者也;《上同》、《上贤》、《非攻》诸义,皆由《兼爱》而出者也。《汉书·艺文志》论墨家者流,于胪举诸端之后,而卒之曰:"蔽者为之,见俭之利,因以非礼,推兼爱之意而不知别亲疏。"亦要其归于节用、兼爱二者。而节用尤为墨道之第一义,一则俭于自为,乃能丰于及物,二则兼爱者不暇自爱,不暇自爱则亦不侈于自奉。此荀子所由专非其节用。庄生虽并称兼爱,而特侧重于节用。所谓开宗明义,特揭其出古之道术,曰"不侈于后世,不靡于万物,不晖于数度"者也。然而论之曰:"其生也勤,其死也薄,其道大觳,使人忧,使人悲,其行难为也,恐其不可以为圣人之道。"则是内不能达情遂命以通于"圣"也。又曰:"反天下之心,天下不堪,墨子虽独能任,奈天下何?离于天下,其去王也远矣!"则是外不能与物俱往以跻于"王"也。"是故内圣外王之道,暗而不明,郁而不发",此则墨子之大蔽也。墨子行事不概见。《史记·孟子荀卿列传》后附云:"墨翟,宋之大夫,善守御,为节用。或曰并孔子时,或曰在其后。"禽滑厘,墨子弟子,见《墨子·公输》篇。

相里勤之弟子五侯之徒,南方之墨者苦获已齿、邓陵子之属,俱诵《墨经》,而倍谲不同(郭庆藩《庄子集释》曰:倍谲,背镭之借,外向之名。庄子盖喻各泥一见,二人相背耳。),相谓别墨。

---

① 有,按文意当作"于"或"在"。

以坚白同异之辩相訾，以觭偶不仵之辞相应（梁启超《庄子天下篇释义》曰：觭字不见他书，疑为畸之异文，实即奇字。《说文》云：奇，不偶也。），以巨子为圣人，皆愿为之尸，冀得为其后世，至今不决。

博按：《韩非子·显学》篇曰："自墨子之死也，有相里氏之墨，有相夫氏之墨，有邓陵氏之墨，墨离为三。"是即此篇所称"相里勤之弟子五侯之徒，南方之墨者苦获已齿、邓陵子之属"也。而"俱诵《墨经》"之"《墨经》"有二说：一谓"《墨经》"指《墨子》书卷一之《亲士》、《修身》、《所染》、《法仪》、《七患》、《辞过》、《三辩》七篇而言。黄震《日抄读诸子》曰："墨子之书凡二：其后以'论'称者多衍复，其前以'经'称者善文法。"钱曾《读书敏求记》[①]曰："潜溪《诸子辩》云：'《墨子》三卷：上卷七篇，号曰经，中卷、下卷六篇，号曰论。'予藏弘治己未旧抄本，卷篇之数，恰与其言合。"毕沅《墨子注叙》曰："又三卷一本，即《亲士》至《尚同》十三篇。宋王应麟、陈振孙仅见此本，有乐台注，见郑樵《通志·艺文略》，今亡。"世所传十五卷本不分题经、论而三卷本上卷七篇，必于目下题经，故号曰经。此相传之古说也。一谓"《墨经》"乃指《墨子》书之《经·经说》而言。孙诒让《墨子闲诂》谓："《墨经》即《墨辩》，今书《经说》四篇及《大取》、《小取》二篇。"近儒梁启超、胡适皆宗焉。此挽出之新说也。自博观之，当以古说为可信。按《管子》书有《经言》九篇；《韩非子·内储说上》有"经"七篇，《内储说下》有"经"七篇，《外储说右上》有"经"三篇，《外储说右》有"经"五篇，皆以"经"冠诸篇之首，则《墨子》书之"经"亦应冠于篇首。而《经·经说》，其篇次列第四十至第四十三，如真以为《墨经》，不应后其所先，轻重倒置若此。一也。且题曰"经"者，必全书之大经大法。而《墨子》书之大经大法，不过《天志》、《尚贤》、《兼爱》、《节用》、《非乐》荦荦数大端，而此荦荦数大端，皆于卷之一七篇中发其指（张采田《史微原

---

① 记，原作"志"，据《读书敏求记校证》改。

墨》),斯足以揭全书之纲,题之曰《经》而无愧。至《经·经说》不过"辩言正辞"而已,小辩破道,奚当于大经大法。二也。故曰:"《墨经》者,乃指《墨子》书卷之一《亲士》、《修身》、《所染》、《法仪》、《七患》、《辞过》、《三辩》七篇而言。"曰"俱诵《墨经》而倍谲不同"者,谓相里勤、邓陵之徒,虽俱诵《墨经》,然背诵所言,有乖于墨子之大经大法,故曰"而","而"者,辞之反也。"相谓别墨"云者,谓人以别墨相谓,若曰"墨家之别派"云尔,不以正宗予之也。曷为不以正宗予之?以其背诵所言,相訾以"坚白同异之辩",相应以"觭偶不仵之辞",与《墨经》称说不同也。故不以正宗予之,而相谓曰"别墨"也。然相里勤、邓陵之徒,则不以"别墨"自居,而欲得为巨子,辩其所是以为天下宗主,而篡墨家之统焉!墨家号其道理成者为巨子,若儒家之硕儒。巨子为墨家之所宗,如儒者之"群言淆乱衷诸圣"也。

墨翟、禽滑厘之意则是,其行则非也。将使后世之墨者,必自苦,以腓无胈,胫无毛,相进而已矣!乱之上也!治之下也!虽然,墨子真天下之好也!将求之不得也!虽枯槁不舍也,才士也夫!

博按:庄生之道,在贵身任生,以无为而治,而见墨者之教,劳形勤生,以自苦为极,"反天下之心,天下不堪",行拂乱其所为而已矣。故曰"乱之上也"。郭象注:"乱莫大于逆物而伤性也。"使用墨者之教而获有治焉?终以"逆物伤性"而不得跻无为之上治也。故曰"治之下也"。然其用心笃厚,利天下为之,"虽枯槁不舍也"。"将求之不得也",岂非"真天下之好"也哉!好,读"许皓切",如《诗·遵大路》"不寁好也"、《国语·晋语》"不可谓好"之"好",美也,善也。墨翟"以绳墨自矫而备世之急",其权略足以持危应变,而所学该综道艺,洞究象数之微,此庄生所以甚非其行而卒是其意,称之曰"天下之好",媵之以"才士"之目也。故非禽滑厘之徒,所可等量齐观矣。

右论墨翟、禽滑厘。

不累于俗，不饰于物，不苟于人(章炳麟《庄子解》曰：苟者，苛之误。《说文》言苛之字止句，是汉时俗书，苛苟相乱。下言苛察，一本作苟，亦其例也。)，不忮于众，愿天下之安宁以活民命，人我之养，毕足而止，以此白心，古之道术有在于是者。宋钘、尹文闻其风而说之。作为华山之冠以自表。接万物以别宥为始，语心之容，命之曰心之行。以聏、合、欢，以调海内请欲，置之以为主(梁启超《庄子天下篇释义》曰：聏字不见他书。郭嵩焘据《庄子阙误》引作脪，训为烂也，熟也，软也。大概当是宋钘、尹文用软熟和合欢喜的教义，以调节海内人的情欲。"请欲"当读为"情欲"，即下文情欲寡浅之情欲也。"请"读为"情"，《墨子》书中甚多，情、请二字古通用甚明。宋钘、尹文即以此种情欲为学说基础，故曰"以聏合欢，以调海内请欲，置之以为主"。)。见侮不辱，救民之斗；禁攻寝兵，救世之战，以此周行天下，上说下教。虽天下不取，强聒而不舍者也。故曰"上下见厌而强见也"。虽然，其为人太多，其自为太少。曰："请欲固置五升之饭足矣。先生恐不得饱，弟子虽饥不忘天下。"日夜不休，曰："我必得活哉！"图傲乎救世之士哉(章炳麟《庄子解故》曰：图当为啚之误，啚即鄙陋鄙夷之本字，啚傲犹言鄙夷耳。)！曰："君子不为苛察，不以身假物。"以为"无益于天下者，明之不如已也！"以禁攻寝兵为外，以情欲寡浅为内，其小大精粗，其行适至是而止。

博按：宋钘、尹文，盖墨者之支与流裔。而庄生所以明其所自出"古之道术"，曰"不累于俗，不饰于物"，即墨子"不侈于后世，不靡于万物，不晖于数度"之意。"不苟于人，不忮于众"，即墨子"泛爱兼利而非，斗其道不怒"之指。此宋钘、尹文之所为与墨同。然"墨子兼爱，摩顶放踵，利天下为之"(《孟子·尽心上》)，"为之大过，已之大顺"，不恤牺牲自我以利天下者也。至宋钘、尹文之所为白心，则以"我"亦天下之一民，苟"天下之安宁"，不能"人"足养而遗外"我"也，愿"毕足"焉。此宋钘、尹文之所与墨子异。盖一则舍己徇人，一则人我毕足也。今观宋钘、尹文之"上说下教",不外两事,曰:"以禁攻寝兵为外,以情欲寡浅为内。"而"接万物以别宥为始"。盖非"别宥",不知"见侮"之"不辱";不知"见侮"之"不辱",则不能以"禁攻寝兵"。非"别宥",不明"为人"之"自为";不明"为人"之"自为",则不能以"寡浅情欲"。此实宋钘、尹文之第一义谛也。按"别宥"之说,见于《吕氏春秋·先识览》《去宥》之章,其言曰:"邻父有与人邻者,有枯梧树。其邻之父言梧树之不善也,邻人遽伐之。邻父因请而以为薪,其人不说,曰:'邻者若此其险也,岂可为之邻哉!'此有所宥也。夫请以为薪与勿请,此不可以疑枯梧树之善与不善也。齐人有欲得金者,清旦被衣冠,往鬻金者之所,见人操金,攫而夺之。吏搏而束缚之,问曰:'人皆在焉,子攫人之金何故?'对曰:'殊不见人,徒见金耳!'此真大有所宥也。夫人有所宥者,固以昼为昏,以白为墨,以尧为桀,宥之为败亦大矣!亡国之主,其皆甚有所宥耶。故凡人必别宥然后知。别宥,则能全其天矣。"毕沅谓"宥疑与囿同"。"囿"有"域之"之义。(《诗·灵台》"王在灵囿"传:囿,所以域养鸟兽也。《国语·楚语》"王在灵囿"注:囿,域也。)而"别囿"云者,盖别白其囿我者而不蔽于私之意。"伐梧"者疑言邻父,"攫金"者不见人操,大抵迕于接物者,罔不有囿于私利之见者存。惟"别宥",而后知"尚同"、"兼爱",万物交利,我亦不遗焉。故曰"接万物以别宥为始"也。《尸子·广泽》篇云:"料子贵别宥。"料子行事,无闻,傥宋钘、尹文之徒耶?吾观宋钘、尹文,惟"别宥",而后"为人"无患于"太多","自为"不嫌其"太少",曰:"请欲固置五升之饭足矣。先生恐不得饱,弟子虽饥不忘天下。"惟"别宥",而后"以为无益于天下者,明之不如已"。盖所明而"无益于天下",则所见者小而遗者大,宥之未能别,可知也。故曰"明之不如已"。《庄子·逍遥游》曰:"故夫知效一官,行比一乡,德合一君而征一国者,其自视也亦若此矣!而宋荣子犹然笑之。"夫"知效一官,行比一乡,德合一君而征一国者",非无所明也,然而所见者限于一官一隅之细,郭象注:"亦犹鸟之自得于一方。"此亦有所"宥"也。故"宋荣子犹然笑之",笑其见小而遗大也。宋荣子即宋钘。《韩非子·显学》篇曰:"宋荣子之议,设不斗争,取不随仇,不羞囹圄,见侮不辱",与此称宋钘"见侮不辱"同。"见侮不辱",亦"别宥"之明效大验也。惟"别宥",而后内则"情欲寡浅",外则"禁攻寝兵"。"以禁攻寝兵为外",同于墨子之"非攻";"以情欲寡浅为内",本诸墨子之"节用",宋钘、尹文"小大精粗,其行适至是而止"。此宋钘、尹文所以为墨者之支与流裔也。然而有不同者,墨者"日夜不休,以自苦为极";宋钘、尹文"日夜不休,曰我必得活"。盖墨子救世而极以自苦;宋钘尹文养人而不忘足我,故以"我必得活","图傲乎救世之士"也。"救世之士",即指墨者之徒而言。墨者之徒,"以绳墨自矫而备世之急",故命之曰"救世之士"。所以图傲之者何?曰:"人我之养,毕足而止","我必得活",不如墨者之道"大觳","反天下之心,天下不堪",此所为相图傲也!然则宋钘、尹文者,傥有合于"内圣外王之道"者耶?曰:"不然。'外王'而未能大通。'内圣'而未臻释然。"何以言其然?观于宋钘、尹文,"不苟于人,不忮于众,愿天下之安宁以活民命","以聏合欢,以调海内请欲,置之以为主",此宋钘、尹文之愿欲为"外王"也。然而"上说下教,虽天下不取,强聒而不舍","上下见厌而强见",则是未能任万物之自往也。曰:"人我之养,毕足而止。"日夜不休,曰:"我必得活哉!"图傲乎救世之士哉!"救世"而不外遗"我",以视墨翟之"大觳","使人忧愁","以自苦为极",差为"达情"而"遂命"者,然而"以情欲寡浅为内",则是纯任自然之未能也。"是故内圣外王之道,暗而不明,郁而不发",由于宋钘、尹文之欲为"外王"而未能大通,欲为"内圣"而未臻释然也。此则宋钘、尹文之蔽也。《荀子·非十二子》篇以宋钘与墨翟同称,盖亦以为墨者之支与流裔也。宋钘著书不传,其遗说略可考见于《孟子》《荀子》书者,亦惟"以禁攻寝兵为外,以情欲寡浅为内"两义而已。《孟子·告子下》载"宋牼将之楚。孟子遇于石丘,曰:'先生将何之?'曰:'吾闻秦楚构兵,我将见楚王,说而罢之。楚王不说,我将见秦王,说而罢之。二王我将有所遇焉。'"此"禁攻寝兵"之说也。由国家言之，则曰"禁攻寝兵"，由私人而言，则曰"见侮不辱"。《荀子·正论》篇曰："子宋子曰：'明见侮之不辱，使人不斗。人皆以见侮为辱，故斗也；知见侮之为不辱，则不斗矣！'"又曰："子宋子曰：'见侮不辱。'"此"见侮不辱"之教也。一言以蔽之，曰"非斗"而已！至《荀子·天论》篇曰："宋子有见于少，无见于多。"《正论》篇曰："子宋子曰：'人之情欲寡，而皆以己之情欲为多，是过也。'故率其群徒，辩其谈说，明其譬称，将使人知情欲之寡也。"《解蔽》篇曰："宋子蔽于欲而不知得。"此言宋钘之"情欲寡浅"也。《荀子·正论》篇又曰："子宋子严然而好说，聚人徒，立师学，成文曲。"此言宋钘之"上说下教"也。《汉书·艺文志》著《尹文子》一篇，在名家。注曰："说齐宣王，先公孙龙。师古曰：'刘向云：与宋钘俱游稷下。'"而世所传《尹文子》书，析题《大道上篇》、《大道下篇》，大指陈论治道，欲自处于虚静，而万事万物，则一一综核其实，其言出入黄老申韩之间，与庄生所称不类，疑非其真也！其行事不可考见。《汉书·艺文志》又有《宋子》十八篇，在小说家。注云："孙卿道宋子，其言黄老意。"或以为即宋钘书。然吾观李耳"无为自化，清净自正"，而宋钘"上说下教""为人太多"，何黄老意之有！而曰"其言黄老意"者；岂以"见侮不辱"，同于道者之"卑弱以自持"，而"情欲寡浅"，亦类道者之"清虚以自守"耶？

　　右论宋钘、尹文。

彭蒙田骈慎到　关尹老聃

公而不当，易而无私，决然无主，趣物而不两，不顾于虑，不谋于知，于物无择，与之俱往，古之道术有在于是者。彭蒙、田骈、慎到闻其风而说之。齐万物以为首，曰："天能覆之而不能载之，地能载之而不能覆之，大道能包之而不能辩之，知万物皆有所可，有所不可。"故曰："选则不遍，教则不至，道则无遗者矣。"是故慎到弃知去己而缘不得已，泠汰于物以为道理，曰："知不知，将薄知而后邻伤之者也！"謑髁无任，而笑天下之尚贤也；纵脱无行，而非天下之大圣。椎拍辐断，与物宛转；舍是与非，苟可以免。不师知虑，不知前后，魏然而已矣！推而后行，曳而后往，若飘风之还，若羽之旋，若磨石之隧，全而无非，动静无过，未尝有罪。是何故？夫无知之物，无建己之患，无用知之累，动静不离于理，是以终身无誉。故曰："至于若无知之物而已，无用贤圣，夫块不失道！"豪杰相与笑之，曰："慎到之道，非生人之行，而至死人之理。"适得怪焉。田骈亦然，学于彭蒙，得不教焉。彭蒙之师曰："古之道人，至于莫之是莫之非而已矣。其风窢然，恶可而言！"常反人不见观，而不免于魭断。其所谓"道"非"道"，而所言之韪，不免于非。彭蒙、田骈、慎到不知"道"，虽然，概乎皆尝有闻者也。

博按：彭蒙无可考。此篇云"田骈亦然，学于彭蒙"，则是彭蒙，田骈之师也。《汉书·艺文志》道家有《田子》二十五篇，注云："名骈，齐人，游稷下，号天口骈。"法家有《慎子》四十二篇，注云："名到，先申韩，申韩称之。"今《田子》书佚，独传《慎子》书《威德》、《因循》、《民杂》《德立》《君人》五篇，其书大旨欲因物理之当然，各定一法而守之，不求于法之外，亦不宽于法之中，则上下相安，可以清净而治。然法所不行，势必刑以齐之，道德之为刑名，此其枢机，所以申、韩多称之也。《史记·孟子荀卿列传》曰："慎到，赵人；田骈，齐人，皆学黄老道德之术，因发明序其指意"，则是慎到、田骈者，道家之支与流裔，故庄子虽斥其"不知道"，而未尝不许以"概乎皆尝有闻"。庄子有"齐物"之论，曰："物固有所然，物固有所可。无物不然，无物不可。故为是举莛与楹，厉与西施，恢诡谲怪，道通为一。"是故彭蒙、田骈、慎到"齐万物以为首"，"知万物皆有所可，有所不可"。曰"选则不遍，教则不至，道则无遗"者，以"大道能包之而不能辩之也"。"万物皆有所可，有所不可"，斯之谓"辩之"。大道而能"辩之"，则是道之有畛也。辩其是非，则有所"选"矣。辩其得失，则有所"教"矣。"选则不遍，教则不至。"若乃"道未始有封"，包是非，兼得失，岂以"辩之"为能乎？此其说亦在《齐物论》也。《齐物论》曰："古之人，其知有所至矣。恶乎至？有以为未始有物者，至矣，尽矣，不可以加矣。其次以为有物矣，而未始有封也。其次以为有封焉，而未始有是非也。是非之彰也，道之所以亏也。"夫道之亏，由于是非之彰，然必有是有非而后有所选。有选斯有封，故曰"选则不遍"也。《齐物论》又曰："昭文之鼓琴也，师旷之枝策也，惠子之据梧也，三子之知几乎，皆其盛者也，故载之末年。惟其好之也，以异于彼。其好之也，欲以明之。彼非所明而明之，故以坚白之昧终。而其子又以文之纶终、终身无成。若是而可谓成乎？虽我亦成也。若是而不可谓成？物与我无成也。"郭象注："言此三子，唯独好其所明，明示众人，欲使同乎我之所好，是犹对牛鼓簧耳。此三子虽求明于彼，彼竟不明。物皆自明而不明彼。若彼不明，即谓不成，则万物皆相与无成矣。故圣人不显此以耀彼，不舍己而逐物，从而任之，各冥其所能，故曲成而不遗也。今三子欲以己之所好，明示于彼，不亦妄乎！"故曰"教则不至"也。《齐物论》又曰："道未始有封，言未始有常，为是而有畛也。请言其畛：有左有右,有伦有义,有分有辩,有竞有争,此之谓八德。"则是"辩"者,道之"畛"也。"大道能包之而不能辩之","辩之",则域于自封而所见有遗矣。曾是"无所不在"之道而若此乎?故曰"道则无遗"者矣。此彭蒙、田骈、慎到之宗庄子也。老子"常使民无知无欲"(《老子》第三章)。曰:"爱民治国,能无知乎?"(《老子》第十章)"民之难治,以其知多。故以知治国,国之贼;不以知治国,国之福。"(《老子》第六十五章)"常使知者不敢为也。"(《老子》第三章)是故慎到弃知去己,而缘不得已,泠汰于物以为道理,曰:"知不知,将薄知而后邻伤之者也。"郭象注:"谓知力浅,不知任其自然,故薄之而又邻伤也。"解虽是而意未明。博按《广雅·释诂三》曰:"薄,迫也。邻,近也。"《庄子·齐物论》曰:"知止其所不知,至矣!"郭象注:"所不知者,皆性分之外也,故止于所知之内而至也。"傥强知所不知,不知之知,终不可至,将薄于不知之知,而知之性分,亦复邻于伤矣!"而后"之后,疑当为复,形近而误。此之谓"知不知,将薄知而后邻伤之"也。夫惟"无知之物,无建己之患,无用知之累","动静不离于理",是以"泠汰于物以为道理"耳。老子"不尚贤,使民不争"(《老子》第三章),是故慎到"谋髁无任,而笑天下之尚贤"也。老子"绝圣弃知"(《老子》第十九章),是故慎到"纵脱无行,而非天下之大圣",曰:"至于若无知之物而已,无用贤圣,夫块不失道!"老子"行不言之教"(《老子》第二章),曰:"不言之教,无为之益,天下希及之。"(《老子》第四十三章)是故田骈"学于彭蒙,得不教焉"。此彭蒙、田骈、慎到之宗老子也。要之"不顾于虑,不谋于知,于物无择,与之俱往"而已。既曰"不顾于虑,不谋于知,于物无择,而与俱往"矣,则"无意无必,无固无我",故曰:"椎拍𫐐断,与物宛转。"《史记·绛侯周勃世家》"其椎少文如此",《集解》引韦昭曰:"椎,不挠曲,直至如椎。""椎"亦或"锥"之假。"锥",器之锐者。老子曰:"揣而锐之不可长保。"(《老子》第九章)又曰:"曲则全,枉则直。"(《老子》第二十二章)故"椎"则拍之。《广雅·释诂》云:"拍,击也。""𫐐断",即下文"鲀断"。"𫐐",疑车具之有棱者。"鲀",疑鱼体之有刺者。郭象注:"钝断,无圭角也。"挠锐直,无圭角,而与物为宛转。此老子所谓"挫其锐,解其纷,和其光,同其尘"者也。(《老子》第四章)故曰:"舍是与非,苟可以免,不师知虑,不知前后,魏然而已矣。推而后行,曳而后往,若飘风之还,若羽之旋,若磨石之隧",此之谓"椎拍辁断,与物宛转",即"不顾于虑,不谋于知,于物无择,而与俱往"之征验矣。而卒之曰"常反人不见观"者,盖总承上文而言之。"见",即《孟子·尽心上》"修身见于世"之"见";"观",即《庄子·大宗师》"以观众人之耳目"之"观",其义皆训示也。人以无所表见于世为患,而彭蒙、田骈、慎到则以自见为"建己之患";人以无所知为耻,而彭蒙、田骈、慎到则以"知不知"为"用知之累","弃知去己",常与人情相反,不欲有所见观于世。故曰"常反人不见观"也。然老子"知雄守雌","知白守黑","知荣守辱"(《老子》第二十八章),原无意必于去知,不过守雌守黑守辱,不肯予智自雄而已。至慎到则果于去知,自处以块,曰"至于若无知之物而已","块不失道"。夫"块",则块然无知之一物而已,奚有于"知雄"、"知白"、"知荣"者哉! 故庄子虽以"概乎有闻"许之,而卒不许以"知道"。何者? 以其未能妙造自然,而不免于"钝断"也。夫以彭蒙、田骈、慎到之"于物无择,与之俱往","弃知去己而缘不得已,泠汰于物以为道理","椎拍辁断,与物宛转",庶几乎"德泽滂沛,任万物之自往"者,殆庄子所谓"王德之人"耶? 然而果于去知,"非生人之行而至死人之理"。则何"达情遂命"之与有? 庄子不云乎?"圣也者,达于情而遂于命也。"则是彭蒙、田骈、慎到者,有志于"王"而卒亏为"圣",外似近"王"而内未尽"圣"也。《荀子·非十二子》篇曰:"尚法而无法,下修而好作,上则取听于上,下则取从于俗,终日言成文典,反纠察之,则倜然无所归宿,是慎到、田骈也。"又《天论》篇谓:"慎子有见于后,无见于先。"正与庄子所谓"于物无择","与之俱往"义相发矣!

右论彭蒙、田骈、慎到。

以本为精,以物为粗,以有积为不足,淡然独与神明居,古之道术有在于是者。关尹、老聃闻其风而说之，建之以常无有，主之以太一，以濡弱谦下为表，以空虚不毁万物为实。

博按：《史记·老庄申韩列传》曰："老子修道德，其学以自隐无名为务，居周久之，见周之衰，乃遂去，至关。关令尹喜曰：'子将隐矣，强为我著书！'于是老子乃著书上、下篇，言道德之意，五千余言而去，莫知其所终。"《汉书·艺文志》道家有《老子邻氏经传》四篇，《老子傅氏经说》三十七篇，《老子徐氏经说》六篇，《刘向说老子》四篇，而《老子》书不著录。有《关尹子》九篇，注云："关尹子，名喜，老子过关，喜去吏而从之。"疑关尹，老聃之弟子也。而此篇以关尹列老聃之前，不晓何故。《隋书·经籍志》、《旧唐书·经籍志》《新唐书·艺文志》皆不载关尹子，知原本久佚，而世所传《关尹子》一卷，乃出宋人依托也。"以本为精，以物为粗"，则是纯以神行，不阂于迹者也，宜若"淡然独与神明居"矣！而云"以有积为不足"者，非意不足于"有积"也。"有积"而以"不足"用之，老子所谓"道冲而用之或不盈"者也。（《老子》第四章）"冲"者，充之假。"道，充而用之或不盈"，即"大盈若冲"之意（《老子》第四十五章）。"而"者，词之反也。"充"与"不盈"相反其意。道之大盈为"充"。"古之人其备乎！配神明，醇天地，育万物，和天下，泽及百姓，明于本数，系于末度，六通四辟，小大精粗，其运无乎不在"，此之谓"道充"，亦此之谓"有积"。然大盈之道，而以不盈用之，此之谓"以有积为不足"。"以"之为言用也。《老子》书二十章，"众人皆有以"，七十八章"其无以易之"，王弼注皆曰："以，用也。""有积"者，不遗"物"之"粗"。而"以有积为不足"者，则反"本"之"精"，承上二语而神明其用也。傥如郭象注云："寄之天下，乃有余也？"则若真"以有积为不足"矣！道家者言，无此呆谛也。博按老子曰："企者不立，跨者不行，自见者不明，自是者不彰，自伐者无功，自矜者不长，其在道也曰余食赘行。"（《老子》第二十四章）此"以有积为有积"者也。"物或恶之，故有道者不处。"（《老子》第二十四章）故曰："知其雄，守其雌，为天下溪。为天下溪，常德不离，复归于婴儿。知其白，守其黑，为天下式。为天下式，常德不忒，复归于无极。知其荣，守其辱，为天下谷。为天下谷，常德乃足，复归于朴。"(《老子》第二十八章)夫"知雄"而守之以"雌"，"知白"而守之以"黑"，"知荣"而守之以"辱"，此之谓"以有积为不足"。"知雄"，"知白"，"知荣"，"有积"也；守之以"雌"、"黑"、"辱"，"以有积为不足"也。故曰："虽有荣观，燕处超然。"(《老子》第二十六章)使"以不足为不足"，则"雌"矣，"黑"矣，"辱"矣，焉足"为天下式"乎！故曰："圣人之治，虚其心，实其腹，弱其志，强其骨。"(《老子》第三章)使"以有积为有积"，则"富贵而骄，自遗其咎"(《老子》第九章)，"强梁者不得其死"(《老子》第四十二章)矣！故曰："持而盈之，不如其已。"(《老子》第九章)而荀子则讥之曰："老子有见于诎，无见于信。"(《荀子·天论》篇)不知老子者，盖致诎以全其信，而大信以示之诎者也。故曰："大成若缺，其用不弊；大盈若冲，其用不穷。大直若诎，大巧若拙，大辩若讷。"(《老子》第四十五章)此之谓"以有积为不足"也，曾是"有见于诎"而"无见于信"者乎？使"有见于诎"而"无见于信"，则是"以不足为不足"也，曾是"以有积为不足"之老子而出此乎？今观关尹、老聃"建之以常无有"，斯能"以有积为不足"矣；"主之以太一"，斯能"以本为精，以物为粗"矣。夫"建之以常无有"者，老子知"道"之"常""主之以太一"者、老子抱"德"之"一"两语者，足以赅五千言之奥旨矣。按老子曰："载营魄抱一，能无离乎？"(《老子》第十章)"昔之得一者，天得一以清，地得一以宁，神得一以灵，谷得一以盈，万物得一以生，侯王得一以为天下贞。"(《老子》第三十九章)故曰："主之以太一"也。然德之不得不主"太一"，其故由于道之"常无有"。老子曰："视之不见名曰夷，听之不闻名曰希，搏之不得名曰微。此三者不可致诘，故混而为一。"(《老子》第十四章)则是非德之主于"太一"，不足以明道之"常无有"也。虽然，所谓"建之以常无有"者，非徒建"无"之一谛以明道之"常"，乃建"无"与"非无"两义以明道之"常"，斯其所以为"玄"也。魏晋之士，好揭"常无"一义，以阐道德，庸足为知老子乎！《老子》书开宗明义之第一言曰：

"道可道,非常道。名可名,非常名。"(《老子》第一章)俞樾《诸子平议》谓"常与尚古通。尚者,上也。常道犹之言上道也。"不知"常"者,绝对不变之称。《韩非子·解老》篇谓:"物之一存一亡,乍死乍生,初盛而后衰者,不可谓常。唯夫与天地之剖判也俱生,至天地之消散也不死不衰者谓常。而常者无攸易。"五千言之所反复阐明者,"知常"之第一义谛也。夫"抱一"薪于"知常","知常"要以"观复",而"观复"必先"守静",故曰:"致虚极,守静笃。万物并作,吾以观复。夫物芸芸,各复归其根。归根曰静,是谓复命。复命曰常,知常曰明。不知常,妄作凶。"(《老子》第十六章)"道常无名。"(《老子》第三十二章)"道常无为,而无不为。"(《老子》第三十七章)"用其光,复归其明,无遗身殃,是谓习常。"(《老子》第五十二章)"知和曰常,知常曰明。"(《老子》第五十五章)一篇之中,三致意于斯者也。使循"常"、"尚"之通假,而读"常道"为"上道",则"知常"、"习常"、"道常无名"、"道常无为"如此之类,更作何解? 然则"道之常"何耶? 以"有"为"道之常"耶? 则"无名天地之始"(《老子》第一章)。以"无"为"道之常"耶? 则"有名万物之母"(《老子》第一章)若以"不可道"者谓是"常道","不可名"者谓是"常名",则滞于"常无",活句翻成死句矣! 道德五千言,无一而非活句,老子所谓"正言若反"也(《老子》第七十八章),不知此义,何能读五千言! 故曰:"常无欲以观其妙,常有欲以观其徼。此两者同出而异名,同谓之玄。"(《老子》第一章)近儒严复为诂之曰:"玄,悬也,凡物理之所通摄而不滞于物者,皆玄也。"夫建"常无"一义以观道"妙"而明"有"之非真"有",又建"常有"一谛以观道"徼"而明"无"之非真"无",然后通摄有无而无所滞,斯之谓"玄"。"玄"之为言"常无有"也。夫"建之以常无有"者,所以立道之大本;而"以有积为不足"者,所以明道之大用。惟"建之以常无有",故"以空虚不毁万物为实"。惟"以有积为不足",故"以濡弱谦下为表"。"表"之为言袭于外也。"大盈若冲,大直若诎,大巧若拙,大辩若讷",此之谓"以濡弱谦下为表"也。若云"知雄"、"知白"、"知荣",则心之知,固未同于"濡弱谦下"矣！此"濡弱谦下"之所以为"表"也。至"以空虚不毁万物为实"之明其为"建之以常无有"之证果者，盖"空虚"，无也，"不毁万物"，有也，"以空虚不毁万物为实"，"建之以常无有"也，实者有真实不虚之意焉。

关尹曰："在己无居，形物自著。其动若水，其静若镜，其应若响。芴乎若亡，寂乎若清。同焉者和，得焉者失。未尝先人而常随人。"老聃曰："知其雄，守其雌，为天下溪。知其白，守其辱，为天下谷。"人皆取先，己独取后，曰"受天下之垢"。人皆取实，己独取虚，无藏也故有余。岿然而有余，其行身也徐而不费，无为也而笑巧。人皆求福，己独曲全，曰"苟免于咎"。以深为根，以约为纪，曰"坚则毁矣，锐则挫矣"。常宽容于物，不削于人，可谓至极。关尹老聃乎！古之博大真人哉！

博按：庄子此篇，论列诸家，独许关尹、老聃为博大真人者，特以关尹、老聃悦古道术之有在，而明发"内圣外王之道"，有不同于诸家者耳。惟"博大"乃"王"。惟"真人"斯"圣"。关尹曰："在己无居，形物自著。其动若水，其静若镜，其应若响。芴乎若亡，寂乎若清。"此关尹之所以"内通于圣"。然而"同焉者和，得焉者失，未尝先人而常随人"，则又关尹之所以"外而成王"也。然而未若老聃之"可谓至极"也，故于关尹尚略而称老聃独详。盖"知雄"、"知白"，此老聃之所以"通于圣"。然而"守雌"、"守辱"，"为天下溪"，"为天下谷"，则又老聃之所以"外而成王"也。"人皆取先，己独取后，曰'受天下之垢'。""人皆取实，己独取虚，无藏也故有余"，此老聃之所以"适为王"。然"岿然而有余，其行身也徐而不费，无为也而笑巧"，则又老聃之所以"内而证圣"也。"人皆求福，己独曲全，曰'苟免于咎'。以深为根，以约为纪，曰：'坚则毁矣，锐则挫矣'。"此老聃之所由"证于圣"。然而"常宽容于物，不削于人"，则又老聃之所以"外适为王"也。斯可谓明发"内圣外王之道"而至其极者矣！独荀子之论慎子曰："有见于后，无见于先。"(见《荀子·天论》篇)而此篇之述老子曰:"人皆取先,己独取后,曰'受天下之垢'。"语相类而意不同。何者? 盖慎到不知道而概尝有闻"有见于后,无见于先",其所谓道,非老子之道也。老子曰:"圣人后其身而身先。"(《老子》第七章)又曰:"江海所以能为百谷王者,以其善下之,故能为百谷王。是以欲上民,必以言下之;欲先民,必以身后之。是以圣人处上而民不重,处前而民不害,是以天下乐推而不厌。以其不争,故天下莫能与之争。"(《老子》第六十六章)则是老子之取后者,盖以退为进之法,非真甘心落人后也。故曰:"受国之垢,是谓社稷主。受国不祥,是为天下王。"(《老子》第七十八章)老子"正言若反",而慎子"概尝有闻"而"不知道",遂致"有见于后,无见于先","其所谓道非道,而所言之韪不免于非",即此可以类推耳!

　　右论关尹、老聃。

庄周惠施公孙龙

芴漠无形，变化无常。死与生与？天地并与？神明往与？芒乎何之？忽乎何适？万物毕罗，莫足以归。古之道术有在于是者。庄周闻其风而悦之。以谬悠之说，荒唐之言，无端崖之辞，时恣纵而不傥，不以觭见之也。以天下为沉浊，不可与庄语，以卮言为曼衍，以重言为真，以寓言为广。独与天地精神往来，而不敖倪于万物，不谴是非以与世俗处。其书虽环玮而连犿无伤也，其辞虽参差而諔诡可观。彼其充实，不可以已。上与造物者游，而下与外死生无终始者为友。其于本也，弘大而辟，深闳而肆。其于宗也，可谓稠适而上遂矣。虽然，其应于化而解于物也，其理不竭，其来不蜕。芒乎昧乎，未之尽者。

博按：庄周自明于"古之道术"亦有在，以别出于老子，然其要本归于老子之言。此老子之所以称"博大真人"也。老子曰："视之不见名曰夷，听之不闻名曰希，搏之不得名曰微，此三者不可致诘，故混而为一。其上不曒，其下不昧，绳绳不可名，复归于无物，是谓无状之状，无物之象，是谓惚恍。迎之不见其首，随之不见其后。"（《老子》第十四章）此"芴漠无形"之说也。老子又曰："孔德之容，惟道是从。道之为物，惟恍惟惚。惚兮恍兮，其中有象。恍兮惚兮，其中有物。窈兮冥兮，其中有精。"（《老子》第二十一章）此"变化无常"之说也。其曰"死与生与？天地并与？神明往与？芒乎何之？忽乎何适？"郭象注曰："任化也，无意趣也。""芒乎"者，老子之所谓"恍"；"忽乎"者，老子之所谓"惚"；老子言"恍惚"，庄生谓"芒忽"。"芒忽"二字连用，亦见《至乐》篇，特此言"芒乎"、"忽乎"，而《至乐》篇言"芒芴"，"忽"、

120

"芴"字异耳。而曰"芒乎何之,忽乎何适"者,《老子》书所谓"孔德之容,惟道是从"(《老子》第二十一章),而"道之尊,德之贵,夫莫之命而常自然"(《老子》第五十一章)者也。老子又曰:"故大制不割。将欲取天下而为之,吾见其不得已。天下神器,不可为也。为者败之,执者失之。故物或行或随,或嘘或吹,或强或羸,或挫或堕。"(《老子》第二十八章、第二十九章)又曰:"大道泛兮,其可左右。万物恃之生焉而不辞,功成不名有。衣养万物而不为主,常无欲,可名于小;万物归焉而不为主,可名为大。以其终不自为大,故能成其大。"(《老子》第三十四章)此"万物毕罗,莫足以归"之说也。一言以蔽之,曰"道法自然",曰"绝圣弃知"而已。"古之道术有在于是者",盖庄周以自明其学之所宗,而非所以自明其学也。余观庄周,所以自明其学者,特详造辞之法与著书之趣,所不同于诸家者也。《史记·老庄申韩列传》称:"庄子著书十余万言,大抵率寓言。"而此篇称"以谬悠之说,荒唐之言,无端崖之辞,时恣纵而不傥,不以觭见之也"。按"觭"者,畸之异文,即奇偶之奇。《说文·可部》云:"奇,不偶也。""以觭见之,"即"知其一而不知其二"之意。上文云:"天下多得一察焉以自好,譬如耳目鼻口,皆有所明,不能相通。"此"以觭见之"之蔽也。庄生自云:"以谬悠之说,荒唐之言,无端章之辞,时恣纵而不傥",如"以觭见之",则"谬悠"矣,"荒唐"矣!"无端崖之辞","纵恣而不傥"矣!老子曰:"正言若反。"(《老子》第七十八章)此"不以觭见之"之说也。博故谓不明"正言若反"之旨者,不足以读老子之书;而不明"不以觭见之"之说者,亦不足以发庄生之意也。惟明乎"不以觭见之"之说,而后"以卮言为曼衍,以重言为真,以寓言为广",皆所不害。《庄子·寓言》篇曰:"寓言十九,重言十七。卮言日出,和以天倪。寓言十九,藉外论之。亲父不为其子媒,亲父誉之,不若非其父者也。非吾罪也,人之罪也。与己同则应,不与己同则反。同于己为是之,异于己为非之。重言十七,所以已言也,是为耆艾。年先矣而无经纬本末以期年耆者,是非先也。人而无以先人,无人道也。人而无人道,是之谓陈人。卮言日出，和以天倪，因以曼衍，所以穷年。"故曰："以卮言为曼衍，以重言为真，以寓言为广。"郭象注："寓言，寄之他人。则十言而九见信。""重言，世之所重，则十言而七见信。""卮言"者，"卮满则倾，空则仰，非持故也，况之于言，因物随变，惟彼之从，故曰日世，日出，谓日新也。日新，则尽其自然之分，自然之分尽则和也。"要之言者毋胶于一己之见，而强天下之我信。但寄当于天下之所信，而纯任乎天倪之和。《齐物论》曰"莫若以明"，此篇称"不以觭见之"，所谓不同，归趣一也。所以然者，"以天下为沉浊，不可与庄语"也。傥"与庄语"，则以天下之沉浊，闻者胥"以觭见之"，而是非之辩纷，异同之见生矣！此庄生所以自明其造辞之法也。至其自明著书之趣，则曰"独与天地精神往来"，"上与造物者游，而下与外死生无终始者为友"。此《逍遥游》之指，"内圣之道"也。然而"不敖倪于万物，不谴是非以与世俗处"，此《齐物论》之指，"外王之道"也。《庄子·德充符》曰："有人之形，无人之情。有人之形，故群于人。无人之情，故是非不得于身。眇乎小哉，所以属于人也。警乎大哉，独成其天。"自来解者不得其旨。不知此庄生所以自征其明发"内圣外王之道"，而见面盎背其象为德充之符。"有人之形，故群于人"，此所以"不敖倪于万物，不谴是非以与世俗处"也。"无人之情，故是非不得于身，"此所为"独与天地精神往来"，"上与造物者游，而下与外死生无终始者为友"也。故曰："眇乎小哉，所以属于人也。警乎大哉，独成其天。"要而言之，曰"各得其得"，"自适其适"而已。不执我之得，以谴是非而敖倪人之得，故"群于人"；不徇人之得以敖我之得，故"是非不得于身"。使是非得于身，而有人之情焉，则是《骈拇》篇所谓"适人之适而不自适其适，虽盗跖与伯夷，是同为淫僻也"，非所以"独成其天"也。其于本也，弘大而辟，深闳而肆；其于宗也，可谓稠适而上遂矣。"本"，即"以本为精，以物为粗"之"本"。"宗"，即"不离于宗，谓之天人"，"以天为宗"之"宗"。夫惟"以本为精"，"以天为宗"，而后"独与天地精神往来"，内则"圣"，外则"王"也。庄周之能明发"内圣外王之道"，与关尹、老聃同，然独许关尹、老聃为"博大真人"，而自以为"应化解物，理不竭，来不蜕，芒乎昧乎，未之尽者"。夫惟"应化"者，乃能外适为"王"，"不谴是非以与世俗处"。惟"解物"者，乃能内通于"圣"，"独与天地精神往来"。曰"芒乎昧乎，未之尽者"，谓未尽"芒乎昧乎"之道。"芒乎"者，老子之所谓"恍"。"昧乎"者，老子之所谓"惚"。老子不云乎？"道之为物，惟恍惟惚。""芒乎昧乎"，盖古之道术所称"芴漠无形，变化无常"者也。"芴漠无形"，则"昧乎"视之其无见矣。"变化无常"，则"芒乎"见之其非真矣。所以未尽"芒乎昧乎"之道者，则以未能"应于化而解于物"也。"其理不竭，其来不蜕"两语，当连上"应于化而解于物"句读。《说文·立部》："竭，负举也。"《礼记·礼运》："五行之动，迭相竭也。"《释文》："竭本亦作揭。"《广雅·释诂》："揭，举也。""其理不竭"，谓其"应于化而解于物"，尚未能理足辞举也，故曰："其理不竭。"而"其来不蜕"之"蜕"字，正承"应于化而解于物"而言，可见庄子用字之妙。《说文·虫部》："蜕，蛇蝉所解皮。"夏侯湛《东方朔画赞序》云："蝉蜕龙变，弃俗发仙。""其来不蜕"，谓未能解脱一切，过化存神也。换言之曰："未能如关尹、老聃之'以本为精，以物为粗，以有积为不足，淡然独与神明居'尔。"夫"以本为精"，则"应于化"矣。"以物为粗"，则"解于物"矣。"应于化而解于物"，则尽"芒乎昧乎"之道，而能以"不足"用其"有积"，"淡然独与神明居"矣！此关尹、老聃之所以为"博大真人"，而庄生未有自许也。

右论庄周。

> 惠施多方，其书五车，其道舛驳，其言也不中，历物之意。

博按： 此篇以惠施次庄周之后，明惠施为道者之旁门，犹次宋钘于墨翟之后，明宋钘为墨学之支流。以故宋钘之说教，独可证之于《墨子》书，而惠施之多方，亦可说之以《庄子》书。何者？其道术出于同也。《汉书·艺文志》名家有《惠子》一篇，注云："名施，与庄子并时。"其行事不少概见，独《庄子》书屡称不一称，而其中有可以考见庄、惠二人之交谊,而证《汉志》"与庄子并时"之说者。《逍遥游》两著"惠子谓庄子曰",以规庄之言大而无用。《秋水》叙庄子与惠子之游濠梁,以辩鱼乐之知不知。而《徐无鬼》则叙庄子送葬,过惠子之墓,顾谓从者曰:"郢人垩慢其鼻端,若蝇翼,使匠石斫之。匠石运斤成风,听而斫之。尽垩而鼻不伤,郢人立不失容。宋元君闻之,召匠石曰:'尝试为寡人为之。'匠石曰:'臣则尝能斫之。虽然,臣之质死久矣!'自夫子之死也,吾无以为质矣,吾无与言之矣!"郭象注:"非夫不动之质,忘言之对,则虽至言妙斫,而无所用之。"此可以考见庄、惠二人之交谊,而证《汉志》"与庄子并时"之说也。至《德充符》则有规惠施之辞曰:"道与之貌,天与之形,无以好恶内伤其身。今子外乎子之神,劳乎子之精,倚树而吟,据槁梧而瞑,天选子之形,子以坚白鸣。"盖彭蒙、田骈、慎到概尝闻道,而"弃知"、"去己"之太甚;而惠施则舛驳乎道,"厤物之意"而不免"用知之累"。《释文》:"厤,古历字,本亦作历物之意,分别历说之。"下文所谓"遍为万物说"也。庄生之道,"以本为精","以天为宗",而致一于老子之"守静笃"(《老子》第十六章)。"万物无足以铙心,"(《庄子·天道》篇),"一而不变,静之至也"(《庄子·刻意》篇)。而惠施"不能以此自宁","遍为万物说","厤物之意"。然则庄生抱一,惠施逐物,以故惠规庄为"无用",而庄讥惠之"多方"也。曰"惠施多方,其书五车,其道舛驳,其言也不中"。"不中"者,不中乎"道",即"舛驳"也。然推惠施"厤物之意",其大指在明万物之泛爱,本天地之一体,亦与庄生"抱一"之指无殊,要可索解于《庄子》书耳。世儒好引墨子《经·经说》以说惠施之厤物,谓为祖述墨学,强为附会,非其本真也。

曰:"至大无外,谓之大一。至小无内,谓之小一。无厚不可积也,其大千里。"

博按: 此即"圣有所生,王有所成,皆原于一"之意。《庄子·天地》引《记》曰:"通于一而万事毕。""大一"、"小一",非二"一"也。"小

"一"者，"大一"之分。"大一"者，"小一"之积。"其大千里"，即"不可积"之"无厚"，绳绳以积千里。《释文》引司马曰："苟其可积，何待千里。"岂非所谓"至大无外"者乎？"无厚不可积也"，岂非所谓"至小无内"者乎？后二语，即承前二语而申其指也。《庄子·知北游》曰："六合为巨，未离其内；秋毫为小，待之成体。"义与惠施相发。夫"六合为巨，未离其内"，岂非所谓"至大无外"者乎？"秋毫为小"，岂非所谓"至小无内"者乎？然而"六合"之"巨"，必待"秋毫"之"小"以成体，犹之"千里"之"大"，必绳"不可积"之"无厚"以为积。故曰"有实而无乎处者宇也"（见《庄子·庚桑楚》）。何谓"有实"？曰："有所出而无窍者有实。"（《见庄子·庚桑楚》）此所谓"至小无内"者也。"无内"，故"无窍"。然而"无乎处"，则又"至大无外"矣。自惠施观之，则见天地之一体。自庄生论之，则知"内圣"、"外王"之"原于一"。惟惠施以形体论，偏于惟物，而庄生以圣王论，证以惟心耳。

> 天与地卑，山与泽平。

博按：此亦以证"天地一体"之义也。《释文》曰："卑如字，又音婢。李云：'以地比天，则地卑于天。若宇宙之高，则天地皆卑。天地皆卑，则山与泽平矣。'"按"卑"字或当作"比"，涉音近而讹也。《荀子·不苟》篇曰："山渊平，天地比，是说之难持者也，而惠施、邓析能之。"杨倞注引此篇《释文》，而重伸其指曰："比，谓齐等也。或曰：'天无实形，地之上空虚者皆天也，是天地长亲比相随，无天高地下之殊也。在高山，则天亦高；在深泉，则天亦下；故曰天地比。地去天远近皆相似，是山泽平也。'"其说亦通。

> 日方中方睨，物方生方死。

博按：此所以明道之"周行而不殆"，而"有"、"无"、"死"、"生"之为"一守"也。两语重后一语，"日方中方睨"，不过借以显"物方生方死"之亦有然。《庄子》书之所啍啍，一篇之中，三致意于斯者也。《庄子·齐物》论曰："方生方死，方死方生。"何以知"物方生方死"可以

"日方中方睨"显之？《庄子·田子方》曰："日出东方而入于西极。万物莫不比方，有目有趾者待是而后成功。是出则存，是入则亡。万物亦然。有待也而死，有待也而生，吾一受其成形而不化以待尽。效物而动，日夜无隙而不知其所终，薰然其成形知命不能规乎其前，丘以是日徂。"又曰："消息盈虚，一晦一明，日改月化，日有所为而莫见其功。生有所乎萌，死有所乎归，始终相反乎无端而莫知其所穷。"此"日方中方睨，物方生方死"之说也。《庄子·至乐》曰："庄子妻死，惠子吊之。庄子则方箕踞鼓盆而歌。惠子曰：'与人居长子老，身死不哭亦足矣，又鼓盆而歌，不亦甚乎！'庄子曰：'不然。是其始死也，我独何能无概然！察其始而本无生。非徒无生也，而本无形。非徒无形也，而本无气。杂乎芒芴之间，变而有气。气变而有形，形变而有生。今又变而之死，是与为春秋冬夏四时行也。人且偃然寝于巨室，而我噭噭然随而哭之，自以为不通乎命，故止也。'"此则庄周深明物之"方生方死，方死方生"，而忘情于哀乐，遣意于得丧者也。故曰："有长而无本剽者宙也。有乎生，有乎死，有乎出，有乎入，入出而无见其形，是谓天门。天门者，无有也。万物出乎无有。有不能以有为有，必出乎无有；而无有一无有，圣人藏乎是。古之人其知有所至矣。恶乎至？有以为未始有物者，至矣尽矣，弗可以加矣。其次以为有物矣，将以生为丧也，以死为反也，是以分已。其次曰始无有，既而有生，生俄而死，以无有为首，以生为体，以死为尻。孰知有无死生之一守者，吾与之为友。是三者虽异，公族也。"（《庄子·庚桑楚》）故曰"方生方死，方死方生"也。

> 大同而与小同异，此之谓小同异。万物毕同毕异，此之谓大同异。

博按：此道家同异之论，庄周所以明"齐物"者也。当以《庄子》书明之：《庄子》书之论齐物者，自《齐物论》而外，莫如《知北游》之言辩而确。其辞曰："物物者与物无际，而物有际者，所谓物际者也。不际之际,际之不际者也。"夫"与物无际",斯"大同"矣;"而物有际",则"小同"矣。"物物者与物无际而物有际",则是"大同而与小同异,此之谓小同异"矣,则是同不可以终同也。故莫如"不际之际,际之不际"。"不际之际",可以賅万物之毕同矣。"际之不际",可以知万物之毕异矣。故《德充符》引仲尼曰:"自其异者视之,肝胆楚越也。自其同者视之,万物皆一也。"故曰:"万物毕同毕异,此之谓大同异。"

南方无穷而有穷。

博按:此亦"不际之际,际之不际"之意。"有穷"者,所见者小,"际之不际"也。"无穷"者,大宇之广,"不际之际"也。《庄子·则阳》载魏莹与田侯牟约。田侯牟背之。魏莹怒,将使人刺之。惠子闻之而见戴晋人。戴晋人曰:"有所谓蜗者,君知之乎?"曰:"然。""有国于蜗之左角者曰触氏,有国于蜗之右角者曰蛮氏,时相与争地而战,伏尸数万,逐北旬有五日而后反。"君曰:"噫!其虚言歟?"曰:"臣请为君实之:君以意在四方上下有穷乎?"君曰:"无穷。"曰:"知游心于无穷,而反在通达之国,若存若亡乎?"君曰:"然。"曰:"通达之中有魏,于魏中有梁,于梁中有王,王与蛮氏有辩乎?"君曰:"无辩。"客出而君惝然若有亡也。郭象注:"王与蛮氏,俱有限之物耳。有限,则不问大小,俱不得与无穷者计也。虽复天地,共在无穷之中,皆蔑如也。况魏中之梁,梁中之王而足争哉?"然而争,则是所见之有穷也。"南方无穷而有穷",亦寻常咫尺之见耳。独言南方,举一隅,可以三隅反矣。

今日适越而昔来。

博按:此语亦见《庄子》。《庄子·齐物论》曰:"未成乎心而有是非,是今日适越而昔至也。"《释文》:昔至,崔云:"昔,夕也。"向云:"昔者,昨日之谓也。"今日适越,昨日何由至哉?思适越时,心已先到,犹之是非先成乎心也。南方之广漠,本无穷也,而曰"有穷"者,限于知也。旅人之适越,在今日也,而云"昔来"者,心先驰也。一以证心量之狭,不足以尽大宇之广。一以见行程之迟,不足以称心驰之速。两者之为事不同,然要以"厤物之意",以见意之悬殊于物,而"知"之不可恃则一耳。

连环可解也。我知天下之中央,燕之北,越之南是也。

博按:此亦可以明惠施为庄学之别出。庄周每好以连环喻道。惟道圜转若环,故随所皆中,不论"燕之北,越之南"。下三语,即申第一语"连环可解"之指。我何以知"天下之中央""燕之北,越之南是也"?则以解"连环"也。夫"连环"无端,所行为始。天下无方,所在为中。《庄子·齐物论》曰:"彼是莫得其偶,谓之道枢。枢始得其环中,以应无穷。"《则阳》曰:"冉相氏得其环中以随成,与物无终无始,无几无时。"《寓言》曰:"万物皆种,以不同形相禅。始卒若环,莫得其伦,是谓天均。天均者,天倪也。"明乎"天倪",则"连环"可解矣!

泛爱万物,天地一体也。

博按:此为道家者言之究竟义,故惠施多方,"厤物之意",亦以此为结穴也。老子曰:"视之不见名曰夷,听之不闻名曰希,搏之不得名曰微,此三者不可致诘,故混而为一。"(《老子》第十四章)又曰:"道生一,一生二,二生三,三生万物。"(《老子》第四十二章)此老子之言"泛爱万物,天地一体"也。《庄子·齐物论》曰:"天地与我并生,而万物与我为一。"又《秋水》曰:"以道观之,何贵何贱?是谓反衍。无拘而志,与道大蹇。何少何多?是谓谢施。无一而行,与道参差。严乎若国之有君,其无私德。繇繇乎若祭之有社,其无私福。泛泛乎其若四方之无穷,其无所畛域。兼怀万物,其孰承翼。是谓无方。万物一齐,孰短孰长。"又《田子方》曰:"天下也者,万物之所一也。得其所一而同焉,则四支百体,将为尘垢,而死生终始,将为昼夜,而莫之能滑,而况得丧祸福之所介乎?"此庄子之言"泛爱万物,天地一体"也。苟明天地之一体,致泛爱于万物,则众生放乎逍遥,物论任其大齐矣!

惠施以此为大观于天下而晓辩者。天下之辩者相与乐之。

博按： 此即《庄子·德充符》庄子谓惠子曰"子以坚白鸣"者也。"以此为大观于天下而晓辩者"，即"以坚白鸣"之意。"天下之辩者"，即指下文所称"桓团、公孙龙辩者之徒"。"相与乐之"，即乐惠施之所晓。而惠施为道者之旁门，故"桓团、公孙龙辩者之徒"，其言亦多宗惠施而出入于道家者言。

卵有毛。

博按： 此即惠施大同异之所谓"万物毕同"。《说文·羽部》："羽，鸟长毛也。"《毛部》："毛，眉发之属及兽毛也。"鸟之卵生，不同于兽之胎生，而有毛则一。然鸟之毛曰羽，不正名曰羽而曰毛者，《释名》："毛，貌也，冒也，在表，所以别形貌，自覆冒也。"羽之形不同于毛，而所被在表，其用在别形貌，自覆冒，则无所不同于毛，故不恤以胎生之"毛"，系之卵生之"有"，而证万物之毕同。《庄子·德充符》曰："自其同者视之，万物皆一也。"此其适例矣。

鸡三足。

《释文》引司马云："鸡两足，所以行，而非动也。故行由足发，动由神御。今鸡虽两足，须神而行，故曰三足也。"今按如司马之说，鸡以两足，兼有一神，故云三，此其说本庄子也，可以《庄子》书明之。一《养生主》曰："臣以神遇而不以目视，官知止而神欲行。"今鸡虽两足，则是知止之官也，而发动则在欲行之神，故又增一而为三也。二《外物》曰："目彻为明，耳彻为聪，鼻彻为颤，口彻为甘，心彻为知，知彻为德。凡道不欲壅，壅则哽，哽而不止则跈，跈则众害生。物之有知者恃息，其不殷非天之罪。天之穿之，日夜无降，人则顾塞其窦。胞有重阆，心有天游。室无空虚，则妇姑勃溪。心无天游，则六凿相攘。大林丘山之善于人也，亦神者不胜。"郭象注："自然之理，有寄物而通也。""神欲行"，则"心有天游"矣。夫"心无天游，则六凿相攘"。

"目"、"耳"、"鼻"、"口"四者,知止之官。"官知止",则是"欲雍"也。
"欲雍",则非"道"也。至目彻所见之物而为明,耳彻所听之物而为
聪,鼻彻所嗅之物而为颤,口彻所尝之物而为甘,此所谓"以神遇"而
不以官接也。析而言之,曰"目彻为明,耳彻为聪,鼻彻为颤,口彻为
甘"。合而言之,曰"心彻为知"。"知彻",则得我之为德,而"心有天
游",神驭以行矣。故曰"鸡虽两足,须神而行"。由"鸡三足"之说推
之,则臧可以三耳。胡三省《通鉴注》:"一说:'耳主听,两耳,形也,兼
听而言,可得为三。'"两耳者,知止之官;听者,欲行之神。而知止之
官,必藉欲行之神以御,故又增一而为三耳也。推之"目彻为明"、"鼻
彻为颤"、"口彻为甘",莫不皆然。然"神"也者,庄子以之为养生主,
而辩者之言所"见离"也。《公孙龙子·坚白论》曰:"火与目不见而神
见。神不见而见离。"解之者曰:"人谓目能见物,而目以因火见,是目
不能见,由火乃得见也。然火非见白之物,则目与火俱不见矣。然则
见者谁乎?精神见矣。夫精神之见物也,必因火以见,乃得见矣。火
目犹且不能为见,安能与神而见乎?则神亦不能见矣。推寻见者,竟
不得其实,则不知见者谁也。"则是辩者之不以神为养生主也。若然
则鸡三足何解?《公孙龙子·通变论》曰:"谓鸡足一,数足二,二而一
故三。"此辩者之解"鸡三足"也。夫鸡足数之则二,而二足同成一象
曰鸡足,故一为形象,一为数象,形象则一,数象乃二,二与一为三,故
曰"鸡三足"。此辩者之所以异庄生,庄生认鸡足之二,增一神为三,
而辩者则以"神不见而见离",故谓"鸡足一,数足二,二而一故三"也。

　　郢有天下。

　　博按:此即惠施"大一"、"小一"之指。"大一"、"小一",非为二
"一"。"郢"与"天下",非有二量。而其意亦宗庄子也。《庄子·齐物
论》曰:"天下莫大于秋毫之末,而太山为小。"郭象注:"以形相对,则
太山大于秋毫也。若各据其性分,物冥其极,则形大未为有余,形小
不为不足。苟各足于其性,则秋毫不独小其小,而太山不独大其大

矣。若以性足为大,则天下之足,未有过于秋毫也。若性足者非大,则虽太山,亦可称小矣。故曰:'天下莫大于秋毫之末,而太山为小。'"苟知形大之未为有余也,知形小之不为不足也,斯知"郢有天下"之说矣。又《秋水》曰:"细大之不可为倪。"又曰:"以差观之,因其所大而大之,则万物莫不大;因其所小而小之,则万物莫不小。知天地之为稊米也,知毫末之为丘山也,则差数睹矣。"苟睹于"差数",而"知天地之为稊米也。知毫末之为丘山也",斯知"郢有天下"之说矣。辩者言"郢有天下"者,犹宋儒云"一物一太极"也。

犬可以为羊。

博按: 此即老子"名可名,非常名"之指(《老子》第一章)。《释文》引司马云:"名以名物,而非物也。犬羊之名,非犬羊也。非羊可以名为羊,则犬可以为羊。郑人谓玉未埋者曰璞,周人谓鼠腊者亦曰璞,故形在于物,名在于人。"

马有卵。

博按: 此与"卵有毛"同指。马为胎生,然胎生之物,不过不以卵出生耳,而未形胎之先必有待于卵,则与卵生无殊也。此亦"万物毕同"之一例。

丁子有尾。

博按: 此亦与"卵有毛"、"马有卵"同指。成玄英云:"楚人呼虾蟆为丁子。"虾蟆无尾有足,殊于鱼也。然虾蟆初生,无足有尾,则与鱼同。庄子云"万物皆种,以不同形相禅"是也(《庄子·寓言》)。然极其形变,万有不同,而溯其初生,罔不相似,如"丁子有尾"之于鱼,此亦"万物毕同"之一例矣。

火不热。

博按: 此可以"知"之不为"知"也,其意亦本庄子。《庄子·齐物论》载啮缺问乎王倪曰："子知物之所同是乎?"曰："吾恶乎知之?""子知子之所不知耶?"曰："吾恶乎知之?""然则物无知耶?"曰："吾恶乎知之? 虽然,尝试言之:庸讵知吾所谓知之非不知耶? 庸讵知吾所谓不知之非知耶?"试以火为喻:火之热,物之所同是,而人之所咸知也,然而王倪曰:"至人神矣,大泽焚而不能热。"(《庄子·齐物论》)则是"火不热"也。《释文》一云:"犹金木加于人有楚痛,楚痛发于人,而金木非楚痛也。如处火之鸟,火生之虫,则火不热也。"然则"火"非天下之"热",而云"热"者,特人之知为"熟"耳。"热"发于人,而"火不热"也。"火"之为"热",人所共知尚如此,而况"仁义之端,是非之涂,樊然淆乱",恶能知其辩乎?(《庄子·齐物论》)此"用知"之所以为"累",而"知"之不可不"弃"也。

山出口。

博按:"山"者,地体之高突。"口"者,人体之虚凹。人徒见山体之高突,而不知其藏用于虚,故特以"出口"表之,此其意亦本老、庄也。老子曰:"三十幅共一毂,当其无,有车之用。埏埴以为器,当其无,有器之用。凿户牖以为室,当其无,有室之用。故有之以为利,无之以为用。"(《老子》第十一章)"山"者,"有之以为利"也。"山出口"者,"无之以为用"也。山何以能出口? 曰:"说在《庄子》之《齐物论》也。""大块噫气,其名为风。是惟无作,作则万窍怒号。而独不闻之翏翏乎? 山林之畏佳,大木百围之窍穴,似鼻,似口,似耳,似枅,似圈,似臼,似洼者,似污者,激者,谪者,叱者,吸者,叫者,嚎者,宎者,咬者,前者唱于,而随者唱喁。泠风则小和,飘风则大和。厉风济,则众窍为虚。"此之云"山出口"者,即庄生所谓"山林之畏佳,大木百围之窍穴,似鼻似口"者也。使"山"不"出口",则大块之气不噫,而地天不交,气机不化矣!

轮不辗地。

博按:此以明至理所寄,在与物化而不遗迹。凡事有然。轮转不停,乃见圆神,辗地则何以见圆转？故曰："轮不辗地。"则是与地化而不遗迹也。《庄子·达生》曰："工倕旋而盖规矩,指与物化而不以心稽,故其灵台一而不桎。忘足,屦之适也。忘要,带之适也。知忘是非,心之适也。不内变,不外从,事会之适也。始乎适而未尝不适者,忘适之适也。"今曰"轮不辗地",则是"忘地轮之适也"。

目不见。

博按：目有见而曰"不见"者,其说亦本庄子。一曰："目知之自有穷也。"《庄子·天运》曰："目知穷乎所欲见,力屈乎所欲逐,吾既不及已夫！"一曰："物不尽于目见也。"《庄子·秋水》曰："至精无形,至大不可围。自细视大者不尽,自大视细者不明。夫精小之微也；垺,大之殷也。故异便,此势之有也。夫精粗者,期于有形者也。无形者,数之所不能分也。不可围者,数之所不能穷也。"然则目之见者仅矣,故曰"目不见"。此亦以明"知"之不为"知"也。天下之所谓"知"者,不过物之表象,接于人之官觉而已。"火热",物之表象也。"目见",人之官觉也。然人以火为热,而"火不热",则是物之本体不可知也。人以目为见,而"目不见",则是官觉之无与于知也。然则"吾恶乎知之"哉！

指不至,至不绝。

《释文》引司马云："夫指之取物,不能自至,要假物故至也。然假物由指,不绝也。"今按司马之说,未当原意。然据其注语,知《庄子》原文本作"指不至,指不绝"。此其意亦本老、庄也。按《公孙龙子·指物论》曰："物莫非指,而指非指。"注："物我殊能,莫非相指。"故曰"物莫非指"。"相指者,相是非也。彼此相推,是非混一,归于无指",故曰"而指非指"。"指非指",则"指不至"矣。然而"物莫非指"如故,则"指不绝"矣。此顺说,而公孙龙书说倒也。故曰"天下无指,物无可以谓物",此"物"之所以"莫非指"而"指"之所以"不绝"也。虽然,"非指者,天下无物,可谓指乎？指也者,天下之所无也；物无者,天下之所有也。以天下之所有，为天下之所无，未可。天下无指，而物不可谓指也。不可谓指者，非指。非指者，物莫非指也。天下无指而物不可谓指者，非有非指也。非有非指者，物莫非指也。物莫非指者，而指非指也"。此"指"之所以"不至"。然则"指不至"者，理之信；"指不绝"者，物之情。"物莫非指"，此"有名"所以为"万物母"。"指有不至"，此"可名"所以为"非常名"。《老子》书可证也。(《老子》第一章)。《庄子·齐物论》曰："以指喻指之非指，不若以非指喻指之非指也。"郭象注："自是而非彼，彼我之常情也。故以我指喻彼指，则彼指于我指独为非指也。此以指喻指之非指也。若覆以彼指还喻我指，则我指于彼指复为非指矣。此以非指喻指之非指也。将明无是无非，莫若反复相喻。反复相喻，则彼之与我，既同于自是，又均于相非。均于相非，则天下无是。同于自是，则天下无非。何以明其然？是若果是，则天下不得复有非之者也。非若果非，亦不得复有是之者也。今是非无主，纷然淆乱，明此区区者，各信其偏见而同于一致耳。仰观俯察，莫不皆然。"此可以明"指不至，指不绝"之故矣。明乎"指之不至"，斯知"指"、"物"之有违，而绝累于"用知"矣。明乎"指之不绝"，斯知"彼"、"是"之方生，而相休以"天钧"矣。(《齐物论》曰：物无非彼，物无非是。自彼则不见，自知则知之。故曰："彼出于是，是亦因彼，彼是方生之说也。"又曰："圣人和之以是非而休乎天钧，此之谓两行。")

> 龟长于蛇。

博按：此亦袭《庄子》。俞樾《诸子平议》曰："此即'莫大于秋毫之末，而太山为小'之意(《庄子·齐物论》)。司马云：'蛇形虽长而命不久，龟形虽短而命甚长。'则不以形言而以寿言，真为龟长蛇短矣。殊非其旨。"

> 矩不方，规不可以为圆。

博按：此即惠施"大同异"之所谓"万物毕异"。胡适《中国哲学史大纲》曰:"从个体自相上着想,一规不能画同样之两圆,一矩不能画同样之两方,一模不能铸同样之两钱也。"此说得之。

　　凿不围枘。

　　博按:成玄英云:"凿,孔也。枘者,内孔中之木。"一凿围一枘,则是可围之枘一,而不围之枘百。不围者其常,而围者其暂也,故曰"凿不围枘"。此亦"万物毕异"之一例矣。

　　飞鸟之景未尝动也。

　　博按:此以物理证"守静"。动莫疾于飞鸟,而曰"飞鸟之景未尝动"者,说在老子之观复,曰:"万物并作,吾以观复。夫物芸芸,各复归其根。归根曰静,是谓复命。"(《老子》第十六章)观动之复于静,而后知"静"之"为躁君"也(《老子》第二十六章)。人徒见飞鸟之动,而不知飞鸟之影未尝动。以其未尝观动之复于静,而不知鸟动之"守静"也。《墨子·经下》云:"景不徙,说在改为。"《经说下》云:"景光至景亡,若在,尽古息。"胡适《中国哲学史大纲》云:"息,止息也。如看活动写真,虽见人物生动,其实都是片片不动之影片也。影已改为,前影仍在原处,故曰:'尽古息。'"墨子言"尽古息",犹此之云"未尝动"也。飞鸟之动尚如此,即此可以证物理之不终动,而归根于"守静"矣。

　　镞矢之疾,而有不行不止之时。

　　《释文》引司马云:"形分止,势分行。形分明者行迟,势分明者行疾。"谓矢不止,人尽知之。谓矢不行者,良以矢之所经,即矢之所止,以势而言则行,以形而言则止。设形与势均等者,则是"行"与"止"相抵,而"有不行不止之时"。此亦以物理证"守静"也。

　　狗非犬。

　　博按:此亦惠施"大同异"之所谓"万物毕异"。《礼记·曲礼》:

"毋投与狗骨。"疏："狗，犬也。"然"效犬者左献之"。疏："通而言之，狗犬通名。若分而言之，则大者为犬，小者为狗。"《尔雅》云"犬未成毫，狗"是也。故曰："狗非犬。"《庄子·德充符》曰："自其异者视之，则肝胆楚越也。"况狗之与犬乎！

　　黄马骊牛三。

　　博按：此亦本《庄子》。《释文》引司马云："牛马以二为三。曰牛，曰马，曰牛马，形之三也。曰黄，曰骊，曰黄骊，色之三也。曰黄马，曰骊牛，曰黄马骊牛，形与色为三也。故曰'一与言为二，二与一为三'也。"语出《庄子·齐物论》。

　　白狗黑。

　　博按：此亦明"名可名，非常名"，与"犬可以为羊"同指。"犬可以为羊"，则黑何不可以名白？故曰"白狗黑"也。

　　孤驹未尝有母。

　　博按：此亦以明"名可名，非常名"。《释文》引李云："驹生有母，言孤则无母，孤称立则母名去也。"则是"驹"系马子之称，"孤"则无母之名，而"孤驹"连称而为名，则是"可名"之"名"，"非常名"也，故以"未尝有母"正之。

　　一尺之棰，日取其半，万世不竭。

　　《释文》引司马云："若其可析，则常有两。若其不可析，其一常存。故曰'万世不竭。'"博按：此即"小一"之义也。

　　辩者以此与惠施相应，终身无穷。

　　博按："此"即指"卵有毛"以下二十事而言，辩者之所以与惠施相应。曰"应"者，非与惠施殊指也。特惠施历物之意，而未及遍于历物，以待辩者之举类知通，而辩者则历证于物以应乎惠施之言，而不再详明其意。如惠施明"小一"、"大一"之意，而辩者则应之曰"郢有天下"以为证。惠施明"毕同毕异"之意,而辩者则应之曰"卵有毛"、"马有卵"、"丁子有尾",以历证万物之"毕同"。又应之曰"矩不方规不可以为圆"、"凿不围枘"、"狗非犬",以历证万物之"毕异"也。大抵惠施发其意,而辩者历于物,夫是之谓"应"也。今观辩者之所与惠施相应,而惠施之所大观于天下以晓辩者,最括宏旨,可得六①义:一曰"抱一",二曰"齐物",三曰"无名",四曰"去知",五曰"存神",六曰"守静"。试条析而明其旨:

一曰"抱一"。凡得六事:

1. 泛爱万物,天地一体也。此为历物之究竟义。

2. 至大无外,谓之大一。至小无内,谓之小一。无厚不可积也,其大千里。此以明"大一"、"小一"之非二"一"。

3. 郢有天下。此辩者举以证"大一"、"小一"之例。

4. 一尺之棰,日取其半,万世不竭。此辩者举以证"小一"之有不可析。

5. 连环可解也。我知天下之中央,燕之北,越之南是也。此以明宇宙之"大一",亦整一而不可析,所谓可析者,亦如连环之以不解解,所谓"不际之际"也。

6. 日方中方睨,物方生方死。此以明"有无死生之为一守",而时间之相续,亦整一而不可析也。

二曰"齐物"。凡得八事:

1. 大同而与小同异,此之谓小同异。万物毕同毕异,此之谓大同异。此所以籀齐物之大例。

2. 天与地卑,山与泽平。此以证"万物毕同"之例。

3. 卵有毛。

4. 马有卵。

---

① 六,原作"五",误。且又和下文所析举相矛盾,今按此处所言改为"六",而不按后文所折条目作"七"。

5. 丁子有尾。以上三事,辩者以证"万物毕同"之例。

6. 矩不方,规不可以为圆。

7. 凿不围枘。

8. 狗非犬。以上三事,辩者以证"万物毕异"之例。

三曰"无名"。凡得四事:

1. 指不至,至不绝。博按:辩者多具体的历物以应惠施之言,独此"指不至至不绝"一事,"历物之意"以补惠施所未逮,而籀"可名非常名"之大例耳。

2. 犬可以为羊。

3. 白狗黑。

4. 孤①驹未尝有母。以上三事,辩者以证"可名非常名"之例。

四曰"去知"。凡得四事:

1. 南方无穷而有穷。此以明大宇无穷而所知有穷,心知之狭,不足以尽大宇之广也。

2. 今日适越而昔来。此以明行程有限而所思无阻,行程之迟,不足以称心驰之速也。

3. 火不热。此辩者以证物之本体不可知。

4. 目不见。此辩者以证官觉之知不为知。

五曰"存神"。知识有限,神行无方。夫惟绝知,乃贵存神。凡得两事:

1. 鸡三足。此辩者以生理证神行。

2. 轮不辗地。此辩者以物理证神行。

六曰"致虚"。凡得一事:

山出口。此辩者以证致虚之大用。

七曰"守静"。凡得两事:

1. 飞鸟之影,未尝动也。

① 孤,原误作"狐"。

2. 镞矢之疾而有不行不止之时。以上两事，辩者以物理证守静。

惟"抱一"，故能"齐物"；惟"齐物"，斯明"无名"；惟"无名"，斯欲"去知"；惟"去知"，斯贵"存神"；惟"存神"，斯"致虚守静"。六者一以贯之，彻始彻终。大抵"抱一"而"齐物"，"无名"而"玄同"，斯"外王"之道；"去知"而"存神"，"致虚"而"守静"，斯"内圣"之道。诚为道者之所贵，而亦辩者之欲晓也。惟道者体道以得德，内证以神明，而惠施历物以遍说，外证之物理。夫惟道者"抱一""守静"，乃能知化而穷神。惠施"外神""劳精"（《庄子·德充符》），不免"用知"之自累。此惠施之所以不如"道者"也。然惠施"历物之意"而不具体，犹为秉要执本。至辩者则具体证物而不详其意，益近诡辩饰说。此又每况愈下，辩者之所为不如惠施者也。所贵好学深思，心知其意耳。

> 桓团、公孙龙辩者之徒，饰人之心，易人之意，能胜人之口，不能服人之心，辩者之囿也！

博按：《庄子·天地》篇曰："辩者有言曰'离坚白若悬寓'"所称"辩者"，即此之所谓"桓团、公孙龙辩者之徒"是也。桓团言行不概见，而公孙龙则甚著。《史记·平原君虞卿列传》曰："公孙龙善为坚白之辩。及邹衍过赵，言至道，乃绌公孙龙。"《集解》引刘向《别录》曰："齐使邹衍过赵，平原君见公孙龙及其徒綦毋子之属，论白马非马之辩，以问邹子。邹子曰：'不可。彼天下之辩有五胜三至，而辞正为下。辩者别殊类使不相害，序异端使不相乱，抒意通指，明其所谓，使人与知焉，不务相迷也。故胜者不失其所守，不胜者得其所求，若是故辩可为也。及至烦文以相假，饰辞以相悖，巧譬以相移，引人声使不得及其意，如此害大道。夫缴纷争言而竞后息，不能无害君子'。坐皆称善。"此邹衍之斥公孙龙"烦文以相假，饰辞以相悖，巧譬以相移，引人声使不得及其意，如此害大道"者，即此篇所云"饰人之心，易人之意，能胜人之口，不能服人之心，辩者之囿"也。"囿"，有囿于所辩，无当大道之意焉。《吕氏春秋·审应览》曰："孔穿、公孙龙相与论于平原君所，至于藏三牙。公孙龙言藏之三牙甚辩。孔穿不应，少选，辞而出。明日，孔穿朝，平原君谓孔穿曰：'昔者公孙龙之言辩。'孔穿曰：'然，几能令藏三牙矣！虽然难，愿得有问于君。谓藏三牙，甚难而实非也；谓藏两牙，甚易而实是也。不知君将从易而是者乎？将从难而非者乎？'平原君不应。明日谓公孙龙曰：'公无与孔穿辩。'"此亦公孙龙"饰心""易意"，"能胜人口不能服人心"之一事也。《汉书·艺文志》名家有《公孙龙子》十四篇，至宋时已亡八篇，今仅存《迹府》、《白马》、《指物》、《通变》、《坚白》、《名实》，凡六篇。大指欲综核名实，而恢诡其说，务为博辩，要之不离庄生所谓"饰心"、"易意"，"能胜人口不能服人心"者近是。其《迹府》篇载与孔穿辩论，同《吕氏春秋》，而《孔丛子》亦载之。惟《孔丛》兼采《公孙龙子》、《吕氏春秋》两书。《吕氏春秋》谓"公孙龙言藏之三牙"，而《公孙龙子》书则言"白马非马"耳。《孔丛》伪本出于汉晋之间，《汉书·艺文志》所未著录。然其谓龙为穿所绌，与《吕氏春秋》同，独以"藏三牙"为"臧三耳"。司马光采《孔丛》臧三耳及《别录》邹衍绌公孙龙说入《资治通鉴》，而臧三耳藉藉人口，独不采公孙龙子困于庄子事。《庄子·天运》篇曰："公孙龙问于魏牟曰：'龙少学先王之道，长而明仁义之行，合同异，离坚白，然不然，可不可，困百家之知，穷众口之辩，吾自以为至达已。今吾闻庄子之言，汒焉异之。不知论之不及欤？知之弗若欤？今吾无所开吾喙，敢问其方？'公子牟隐机太息，仰天而笑曰：'子独不闻夫坎井之蛙乎？谓东海之鳖曰：吾乐与！吾跳梁乎井干之上，入休乎缺甃之崖，赴水则接掖持颐，蹶泥则没足灭跗，还虷蟹与科斗，莫吾能若也！且夫擅一壑之水而跨跱坎井之乐，斯亦至矣。夫子奚不时来入观乎？东海之鳖左足未入，而右膝已絷矣。于是逡巡而却，告之海曰：夫千里之远，不足以举其大；千仞之高，不足以极其深。禹之时十年九潦而水弗为加益，汤之时八年七旱而崖不为加损。夫不为顷久推移，不以多少进退者，此亦东海之至乐也。于是坎井之蛙闻之，适适然惊,规规然自失也。且夫知不知是非之竟,而犹欲观于庄子之言,是犹使蚊负山,商蚷驰河也,必不胜任矣。且夫知不知论极妙之言,而自适一时之利者,是非焰井之蛙欤?且彼方跐黄泉而登大皇,无南无北,奭然四解,沦于不测,无东无西,始于玄冥,反于大通。子乃规规然而求之以察,索之以辩,是直用管窥天,用锥指地也,不亦小乎?子往矣。且子独不闻夫寿陵余子之学行于邯郸欤?未得国能,又失其故行矣,直匍匐而归耳。今子不去,将忘子之故,失子之业!'公孙龙口呿而不合,舌举而不下,乃逸而走。"此魏公子牟言庄子之"始于玄冥,反于大通",非公孙龙所得"规规而求之以察,索之以辩"也。公孙龙自诩"困百家之知,穷众口之辩",即此篇所云"饰人之心,易人之意,能胜人之口"也。然而无所开喙于庄子,见太息于公子牟,此其所以为"知不知论极妙之言,而自适一时之利"者也。惟《列子》书晚出东晋,其《仲尼》篇又称:公子牟悦公孙龙,而乐正子舆笑之曰:"公孙龙行无师,学无友,佞给而不中,漫衍而无家,好怪而妄言,欲惑人之心,屈人之口,与韩檀等肄之。""韩檀"疑即"桓团",犹"陈恒"、"田常"一音之转也。《列子释文》称"龙字子秉",不知何据。若然,则《庄子·徐无鬼》载庄子谓惠子曰:"儒、墨、杨、秉四,与夫子而五。"惠子曰:"今夫儒、墨、杨、秉且方与我以辩,相拂以辞,相镇以声,而未始吾非。"则是"秉"即公孙龙也,而公孙龙且方与惠施辩矣。所谓"相拂以辞,相镇以声,而未始吾非",其诸篇之所谓"辩者以此与惠施应,终身无穷"者耶?

惠施日以其知与人之辩,特与天下之辩者为怪,此其柢也。然惠施之口谈,自以为最贤,曰:"天地其壮乎!施存雄而无术。"南方有倚人焉,曰黄缭,问天地所以不坠不陷、风雨雷霆之故。惠施不辞而应,不虑而对,遍为万物说。说而不休,多而无已,犹以为寡,益之以怪。以反人为实,而欲以胜人为名,是以与众不适也。弱于德,强于物,其涂隩矣。由天地之道,观惠施之能,其犹一蚊一虻之劳者也,其于物也何庸。夫充一尚可曰愈,贵道几矣!惠施不能以此自宁,散于万物而不厌,卒以善辩为名。惜乎,惠施之才,骀荡而不得,遂万物而不反,是穷响以声,形与影竞走也。悲夫!

　　博按:"此其柢也"之"此",指惠施。盖"天下之辩者","饰人之心,易人之口",特以惠施历物之意为柢也。然自庄生观之,则惠施内而不圣,外而不王。何以明其然?观庄生之言曰:"惠施日以其知与人之辩。""遍为万物说。说而不休,多而无已,犹以为寡,益之以怪。以反人为实,而欲以胜人为名,是以与众不适也。弱于德,强于物,其涂隩矣。由天地之道,观惠施之能,其犹一蚊一虻之劳者也,其于物也何庸。"则是任知饰辩于外以失为"王"也。"夫充一尚可曰愈,贵道几矣!惠施不能以此自宁,散于万物而不厌,卒以善辩为名。惜乎,惠施之才,骀荡而不得,逐万物而不反,是穷响以声,形与影竞走也。悲夫!"则是劳精疲神于内以不能"圣"也。惟内不"圣",斯外不"王"。而施之所以不为"王"者,由于"遍为万物说",而于物何"庸"也。按《庄子·齐物论》曰:"庸也者,用也。"今惠施"遍为万物说",虽"知于辩",而"无所用"。自庄生论之,则比之于骈拇枝指。其在《骈拇》篇曰:"骈于足者,连无用之肉也。枝于手者,树无用之指也。骈于辩者,累瓦结绳,窜句游心于坚白同异之间,而敝跬誉无用之言,非乎?"君子不贵焉!《荀子·修身》篇曰:"夫坚白同异有厚无厚之察,非不察也,然而君子不辩,止之也。"又《不苟》篇曰:"山渊平,天地比;齐秦袭,入乎耳,出乎口;钩有须;卵有毛,是说之难持者也,而惠施、邓析能之。然而君子不贵者,非礼义之中也。故曰'君子说不贵苟察',惟其当之为贵。"又《解蔽》篇曰:"惠子蔽于辞而不知实。""实"者,"有用于物"之谓,俗所称"实用"者也。今"惠施日以其知与人之辩","遍为万物说","其于物也何庸",此之谓"蔽于辞而不知实"矣!夫施之所以"蔽于辞而不知实"、"知于辩而无所庸"者,要由未能"充一"而"贵道"。故庄生砭之曰:"充一尚可曰愈,贵道几矣。"此则庄生所持以衡平百家之权度,而"小大精粗,其运无不在"者也。按"充一",即"主之以太一"之意。而"愈"读如《礼记·三年问》"痛甚者其愈迟"之"愈"。

（《释文》：愈，差也。《匡谬正俗》八：愈，胜也。故病差者言愈。）老子曰："少则得，多则惑，是以圣人抱一为天下式。"（《老子》第二十二章）《庄子·人间世》曰："道不欲杂，杂则多，多则扰，扰则忧，忧而不救。"今惠施"历物之意"，"遍为万物说，说而不休，多而无已，犹以为寡"，"弱于德，强于物"，此正老子所谓"多则惑"，庄子所谓"杂则多"者也。故庄生以"充一"之说进。曰"充一尚可曰愈"者，谓"惟充一尚可愈其杂多之惑"。老子曰："道生一。"（《老子》第四十二章）《庄子·在宥》曰："至道之精，窈窈冥冥。至道之极，昏昏默默。无视无听，抱神以静，形将自正。必静必清，无劳女形，无摇女精，乃可以长生。目无所见，耳无所闻，心无所知，女神将守形，形乃长生。慎女内，闭女外，多知为败。我为女遂于大明之上矣，至彼至阳之原也；为女入于窈冥之门矣，至彼至阴之原也。天地有官，阴阳有藏，慎守女身，物将自壮。我守其一，以处其和。"今"惠施多方，其书五车，其道舛驳，其言也不中"，岂非所谓"多知为败"者耶？"贵道"则能几"一"，而可以愈杂多之惑矣！《释文》以"愈贵"断读者非也。

　　右论惠施、公孙龙。

附太史公谈《论六家要指》考论

太史公学《天官》于唐都，受《易》于杨何，习道论于黄子。太史公仕于建元元封之间，愍学者之不达其意而师悖，乃论六家之要指。曰：《易大传》："天下一致而百虑，同归而殊途。"夫阴阳、儒、墨、名、法、道德，此务为治者也，直所从言之异路，有省不省耳。尝窃观阴阳之术，大祥而众忌讳，使人拘而多所畏，然其序四时之大顺，不可失也。儒者博而寡要，劳而少功，是以其事难尽从，然其序君臣父子之礼，列夫妇长幼之别，不可易也。墨者俭而难遵，是以其事不可遍循，然其强本节用，不可废也。法家严而少恩，然其正君臣上下之分，不可改矣。名家使人俭而善失真（张照《史记考证》曰：董份曰：墨者俭，是矣。若名家言俭，似不可晓。盖此乃检字。检者，束也。下文苛察缴绕即检束之意也。因上有俭字，写者遂误耳。），然其正名实，不可不察也。道家使人精神专一，动合无形，赡足万物。其为术也，因阴阳之大顺，采儒墨之善，撮名法之要，与时迁移，应物变化，立俗施事，无所不宜，指约而易操，事少而功多。儒者则不然，以为"人主天下之仪表也，主倡而臣和，主先而臣随"。如此则主劳而臣逸。至于大道之要，去健羡，绌聪明，释此而任术。夫神大用则竭，形大劳则敝。形神骚动，欲无天地长久，非所闻也。夫阴阳、四时、八位、十二度、二十四节，各有教令，顺之者昌，逆之者不死则亡，未必然也，故曰"使人拘而多畏"。夫春生夏长，秋收冬藏，此天道之大经也，弗顺则无以为天下纲纪，故曰"四时之大顺，不可失也"。夫儒者以六艺为法，六艺经传以千万数，累世不能通其学，当年不能究其礼,故曰"博而寡要,劳而少功"。若夫列君臣父子之礼,序夫妇长幼之别,百家弗能易也。墨者亦尚尧、舜道,言其德行,曰:"堂高三尺,土阶三等,茅茨不剪,采椽不刮。食土簋,啜土刑,粝粱之食,藜藿之羹。夏日葛衣,冬日鹿裘。送死,桐棺三寸,举音不尽其哀。教丧礼,必以此为万民之率,使天下法。"若此则尊卑无别也。夫世异时移,事业不必同,故曰"俭而难遵"。要其强本节用,则人给家足之道也。此墨子之所长,虽百家不能废也。法家不别亲疏,不殊贵贱,一断于法,则亲亲尊尊之恩绝矣。可以行一时之计,而不可长用也,故曰"严而少恩"。若尊主卑臣,明分职,不得相逾越,虽百家不能改也。名家苛察缴绕,使人不得反其意,专决于名而失人情,故曰"使人俭而善失真"。若夫控名责实,参伍不失,此不可不察也。道家无为,又曰无不为,其实易行,其辞难知。其术以虚无为本,以因循为用。无成势,无常形,故能究万物之情;不为物先,不为物后,故能为万物主。有法无法,因时为业;有度无度,因物与合。故曰"圣人不朽,时变是守"。虚者,道之常也。因者,君之纲也。群臣并至,使各自明也。其实中其声者谓之端,实不中其声者谓之窾。窾言不听,奸乃不生,贤不肖自分,白黑乃形,在所欲用耳,何事不成。乃合大道,混混冥冥,光耀天下,复反无名。凡人所生者神也,所托者形也。神大用则竭,形大劳则敝,形神离则死。死者不可复生,离者不可复反,故圣人重之。由是观之:神者生之本也,形者生之具也。不先定其神,而曰我有以治天下,何由哉!

博按:太史公谈论阴阳、儒、墨、名、法、道德六家要指,独推重道家,谓"因阴阳之大顺,采儒墨之善,撮名法之要"。兼综五家者,盖习道论于黄子,尊其所学然也。然五家之中,独揭儒与道家并论。何者?盖汉承秦治,载黄老之清静,舒名法之惨礉。观太史公之赞曹相国曰:"参为曹相国,清静,极言合道,然百姓离秦之酷后,参与休息无为，故天下俱称其美。"其言可征信也。然太史公之赞申、韩谓："申子卑卑，施之于名实，韩子引绳墨，切事情，明是非，其极惨礉少恩，皆原于道德之意。"名、法原于道德，以之相救，势所不嫌。独儒与道争长，汉兴五六十年，未有定尊。其可考见于《太史公书》者：《曹相国世家》曰："孝惠帝元年，除诸侯相国法，更以参为齐丞相。参之相齐，齐七十城。天下初定，悼惠王富于春秋，参尽召长老诸生，问所以安集百姓，如齐故俗。诸儒以百数，言人人殊，参未知所定。闻胶西有盖公，善治黄老言，使人厚币请之。既见盖公，盖公为言治道贵清净而民自定，推此类具言之。参于是避正堂，舍盖公焉。其治要用黄老术，故相齐九年，齐国安集，大称贤相。惠帝二年，萧何卒。……参代何为汉相国，……载其清净，民以宁一。"《儒林传叙》曰："孝文帝本好刑名之言，及至孝景，不任儒者。而窦太后又好黄老之术。故诸博士具官待问，未有进者。"则是儒绌而道用也。《儒林·辕固生传》称："辕固生者，齐人也，以治《诗》，孝景时为博士。与黄生争论景帝前。黄生曰：'汤、武非受命，乃弑也！'辕固生曰：'不然！夫桀、纣虐乱，天下之心，皆归汤、武。汤、武与天下之心而诛桀、纣。桀、纣之民，不为之使而归汤、武。汤、武不得已而立，非受命为何？'黄生曰：'冠虽敝，必加于首。履虽新，必关于足。何者？上下之分也。今桀、纣虽失道，然君上也。汤、武虽圣，臣下也。夫主有失行，臣不能正言匡过以尊天子，反因过而诛之，代立，践南面，非弑而何也？'辕固生曰：'必若所云，是高帝代秦即天子之位非耶？'于是景帝曰：'食肉不食马肝，不为不知味。言学者无言汤、武，不为愚'。遂罢。是后学者莫敢明受命放杀者。窦太后好《老子》书，召辕固生，问《老子》书。固曰：'此是家人言耳！'太后怒曰：'安得司空城旦书乎！'乃使固入圈刺豕。景帝知太后怒，而固直言无罪，乃假固利兵。下圈刺豕，正中其心，一刺，豕应手而倒。太后默然，无以复罪。"则是儒不为道绌。而黄生，盖司马谈所习道论之黄子也。《魏其武安侯列传》曰："孝景崩，即日太子立。建元元年，丞相绾病免，上议置丞相、太尉……于是乃以魏其侯为丞相，武安侯为太尉。……魏其、武安俱好儒术，推毂赵绾为御史大夫，王臧为郎中令，迎鲁申公，欲设明堂。令列侯就国，除关，以礼为服制，以兴太平。……毁日至窦太后。太后好黄老之言，而魏其、武安、赵绾、王臧等务隆推儒术，贬道家言，于是太后滋不说魏其等。及建元二年，御史大夫赵绾请毋奏事东宫。窦太后大怒，乃罢逐赵绾、王臧等，而免丞相太尉。”《儒林·申公传》略同。则是儒与道争长，而几以相代也。《儒林传叙》又曰：“及窦太后崩，武安侯田蚡为丞相，绌黄老刑名百家之言，延文学儒者数百人。而公孙宏以《春秋》白衣为天子三公，封以平津侯。天下之学士，靡然乡风矣。”自是儒者制治之局定，而道家言乃大绌。其初文景之治，刑名与道并用事，则鼌错学申、商刑名于轵张恢生所，以知术数拜为太子家令（《汉儒·鼌错传》注：张晏曰：术数，刑名之书也。臣瓒曰：术数谓法制，国之术也。）。至是孝武之治，法家傅儒以决事，故张汤以廷尉决大狱，欲傅古义，乃请博士弟子治《尚书》、《春秋》，补廷尉史，亦可以占一代学术得失之林也！独太史公谈仕于建元元封之间，而建元为武帝之初即位，会当儒道争长未定之际，而自以习道论于黄子，故特揭儒与道并论以见得失而明指归。其言曰：道家使人精神专一，动合无形，赡足万物指约而易操，事少而功多。儒者则不然，以为“人主天下之仪表也，主倡而臣和，主先而臣随”。如此则主劳而臣逸。故曰“儒者博而寡要，劳而少功”。此其意盖亦本道论耳。黄生之道论不概见，试明以庄子之道论。《庄子·在宥》曰：“道有天道，有人道。无为而尊者，天道也。有为而累者，人道也。主者，天道也。臣者，人道也。天道之与人道相去远矣，不可不察。”自太史公谈论之，“儒者博而寡要，劳而少功”，非庄子所谓“有为而累，臣者人道”者乎？“道家指约而易操，事少而功多”，非庄子所谓“无为而尊，主者天道”者乎？太史公以明儒者“博而寡要，劳而少功”，不如道之“指约易操，事少功多”，此天道之与人道所为“相去远”，而庄子之所欲“察”者也。《庄子·天道》曰："夫帝王之德,以天地为宗,以道德为主,以无为为常。无为也,则用天下而有余。有为也,则为天下用而不足。故古之人,贵夫无为也。上无为也,下亦无为也,是下与上同德。下与上同德,则不臣。下有为也,上亦有为也,是上与下同道。上与下同道,则不主。上必无为而用天下,下必有为为天下用,此不易之道也。"儒者则不然,以为"人主,天下之仪表也,主倡而臣和,主先而臣随",如此则主劳而臣逸,是"上与下同道"也。"上与下同道",庄子诋曰"不主",而道家之所不许也。太史公又推"道家无为无不为"之旨而衍之曰:"其术以虚无为本,以因循为用。无成势,无常形,故能究万物之情。……有法无法,因时为业。有度无度,因物与合。故曰'圣人不朽,时变是守'。虚者,道之常也。因者,君之纲也。群臣并至,使各自明也。其实中其声者谓之端,实不中其声者谓之窾。窾言不听,奸乃不生,贤不肖自分,白黑乃形,在①欲用耳,何事不成。乃合大道。"此则申不害、韩非刑名法术之学所由本也。申不害之书已亡,惟《群书治要》采其《大体》篇有云:"善为主者,倚于愚,立于不盈,设于不敢,藏于无事,窜端匿疏(日本《佚存丛书》评云:疏疑迹。),示天下无为,是以近者亲之,远者怀之。示人有余者,人夺之。示人不足者,人与之。刚者折,危者覆,动者摇,静者安。名自正也,事自定也,是以有道者自名而正之,随事而定之也。"曰"设于不敢,藏于无事",太史公所谓"以虚无为本"也。曰"自名而正之,随事而定之",太史公所谓"以因循为用"也。匪特申不害之书而已。韩非《主道》曰:"道者,万物之始,是非之纪也,是以明君守始以知万物之源,治纪以知善败之端。故虚静以待命,令名自命也,令事自定也。虚,则知实之情。静,则知动者正。有言者自为名,有事者自为形,形名参同,君乃无事焉,归之其情。……故有知而不以虑,使万物知其处;有行而不以贤,观臣下之所因。……群臣守职,百官有常,因能而使之,是谓

---

① 按前文,下当有"所"字。

习常。故曰：'寂乎其无位而处，漻乎莫得其所。明君无为于上，群臣
竦惧乎下。'明君之道，使知者尽其虑，而君因断事，故君不穷于知。
贤者敕其材，君因而任之，故君不穷于能。……道在不可见，用在不
可知。虚静无事，以暗见疵。见而不见，闻而不闻，知而不知。知其
言以往，勿变勿更，以参合阅焉。"其诸太史公所谓道家之术，"以虚无
为本，以因循为用"者欤？夫道家明道德之意，而申、韩参刑名之用，
然其言相发，其道相因。故史公特发其旨于《老庄申韩传》赞曰："申
子卑卑，施之于名实，韩子引绳墨，切事情，明是非，其极惨礉少恩，皆
原于道德之意也。"后世学者不能究明申不害《大体》、韩非《主道》之
说，徒执韩非《解老》、《喻老》，以为太史公称刑名之原道德在是矣，不
知非书之解老喻老，只解老喻老耳，奚所当于刑名法术之学也。惟申
不害《大体》篇、韩非《主道》篇，乃足以证"刑名参伍"之本道家言耳。
刑名之学，始于邓析，《荀子·非十二子》篇邓析、惠施并称，而《汉
书·艺文志》亦以骈隶名家。然惠施名而入于辩，邓析名而丽于法。
然不然，可不可，惠施、邓析，同于乱名也。然惠施反以人为怪，邓析
舞文以弄法。（《吕氏春秋·审应览》曰："子产治郑，邓析务难之。与
民之有狱者约：大狱一衣，小狱襦袴。民之献衣襦袴而学讼者，不可
胜数。以非为是，以是为非。是非无度，而可与不可日变。所欲胜因
胜，所欲罪因罪。郑国大乱。"）而一为辩者，一为法家。惠施同于公
孙龙、桓团，邓析毗于申不害、韩非，故不同也。太史公《老庄申韩列
传》称"申子之学，本于黄老而主刑名"，又称韩非"喜刑名法术之学"。
而邓析之言刑名，更在申、韩之前。由黄老而为申、韩，此其转关，盖
刑名之鼻祖也。大抵刑名之学，要在"形名参同"。刑者，形也，著其
事状也。名者，命也，命其事物也。（《管子》"七法，名也"注：名者，
所以命事也。）今按《邓析子·转辞》篇曰："无形者，有刑之本。无声
者，有声之母。循名责实，实之极也。按实定名，名之极也。参以相
平，转而相成，故得之形名。"此"形名参同"之说也，原不限于言刑法，
而后世刑法图籍之编纂，乃以此为定准。世传唐律、清律，冠以名例。

暂行刑律，弁以总则。命事物以定名，名之事也。邓析子所谓"按实定名，名之极也"。《唐律·名例》之后，次以《卫禁》、《职制》、《户婚》、《厩库》、《擅兴》、《贼盗》、《斗讼》、《诈伪》、《杂律》、《捕亡》、《断狱》等篇。清律名例之后，次以吏、户、礼、兵、刑、工诸律。而暂行刑律，总则之后，详以分则。著事状以论刑，形之事也。邓析子所谓"循名责实，实之极也"。而推本言之，则曰"无刑者，有刑之本，无声者，有声之母"。太史公所谓"其术以虚无为本"者也。此刑名所以原于道德也。虽然，有辨刑名，有原于道德者，亦有不原于道德者。裴骃《史记集解》曰："申子之书，号曰术；商鞅所为书，号曰法，皆曰刑名。"均之刑名也。太史公以申、韩辄老、庄之传，而商君别署者：今按《韩非子·定法》篇曰："申不害言术，而公孙鞅为法。术者，人主之所执也。法者，臣之所师也。"又《难三》篇曰："法者，编著之图籍，设之于官府，而布之于百姓者也。术者，藏之于胸中，以偶万端，而潜御群臣者也。故法莫如显，而术不欲见。"此法与术之分也。然道家，术之所自出。而法者，道之所不许。老子曰："圣人处无为之事。""勇于不敢则活。"申不害则曰："设于不敢，藏于无事。"庄子曰："上必无为而用天下，下必有为为天下用。"韩非则曰："明君无为于上，群臣竦惧乎下。"故曰"道家，术之所自出"也。老子曰："法令滋章，盗贼多有。"又曰："民不畏死，奈何以死惧之。"太史公且引老子言以叙《酷吏列传》之首。则是"法者，道之所不许"也。夫申不害言术，公孙鞅为法，而韩非则法而兼术，此商君所以别署，而不同申不害韩非之附老、庄传也。顾有同于韩非而不辄老、庄者，慎子是也。《荀子·非十二子》篇谓慎子"尚法而无法"。《汉书·艺文志》以慎子入法家。而太史公《孟子荀卿列传》乃称慎子学黄老道德之术。盖同于韩非，法而兼术者也。以其法家，故"尚法"；以其法而兼术，故尚法而无法。何者？法者，一成而不可易，有成势，有常形。术者，因循乃见妙用，无成势，无常形。今读世所传《慎子》书五篇：曰《威德》，曰《德立》，曰《君人》，三篇皆法家言也；曰《因循》，曰《民杂》，则言因循之为用，而黄老道德之术也。《筦子》八十五篇，《汉书·艺文志》入道家，不入法家。今按太史公《管晏列传》称管仲任政相齐，"俗之所欲，因而予之；俗之所否，因而去之。其为政也，善因祸而为福，转败而为功"，傥亦黄老道德之术，所谓"以因循为用"者乎？独是黄老言道德，不言长生。老子曰："谷神不死。"《列子》引《黄帝书》同。"谷"之为喻虚也，"神"之为言伸也，言神运于虚，体常不变，而不如形骸之有生灭，然非长生之说也。至太史公则敷畅其义曰："大道之要，去健羡，绌聪明，释此而任术。夫神大用则竭，形大劳则敝。形神骚动，欲与天地长久，非所闻也。……凡人所生者神也，所托者形也。神大用则竭，形大劳则敝，形神离则死。死者不可复生，离者不可复反，故圣人重之。由是观之：神者生于本也。形者，生之具也。不先定其神，而曰我有以治天下，何由哉。"是则道德流为神仙长生之说所托始也。然神仙长生家，有北派，亦有南派。南派晚出，衍于道德。北学先进，出自阴阳。何以言其然？《史记·封禅书》曰："驺衍以阴阳主运，显于诸侯，而燕齐海上之方士，传其术不能通，然则怪迂阿谀苟合之徒自此兴，不可胜数。"《汉书》称刘向传邹衍重道延命方，而《艺文志》阴阳家有《邹子》四十九篇，注"名衍。"又《邹子终始》五十六篇，师古曰："亦邹衍所说。"其书佚不传。太史公要删其说以著于《孟子荀卿列传》。而燕齐海上之方士，托其传于邹衍。此北学神仙出自阴阳之可证者也。淮南王安招天下方术之士，共讲论道德，总统仁义，而著《淮南鸿烈解》，其大较归之于道。而刘向传称淮南有枕中《鸿宝》、《苑秘书》书，言神仙使鬼物为金之术。晋丹阳葛洪著《抱朴子》，亦本道德之意，而《内篇》亦专论黄白变化之术。此南派神仙衍于道德之可证者也。大抵汉以前之方士衍阴阳，晋以后之道士祖道德。而《太史公书》实笼其枢。方士衍传阴阳，大书《封禅》。道德流为长生，见义此篇。体大思精，不可以一端测矣。虽然，窃有疑也。余读《韩非子·显学》篇曰："世之显学，儒、墨也。儒之所至，孔丘也。墨之所至，墨翟也。"则是以墨与儒同为显学，而它非所论及。然《太史公书》掎采极博，六经而后，先秦诸子，儒家有《孔子世家》、《仲尼弟子列传》、《孟轲[①]荀卿列传》，道家有《管晏列传》、《老子庄子列传》，法家有《商君列传》，兵家有《司马穰苴列传》、《孙武[②]吴起列传》，纵横有《苏秦列传》、《张仪陈轸犀首列传》。其不列传而附见者，有如法家之申不害、韩非附《老庄列传》，则以“刑名法术之学，原于道德之意”也。阴阳之驺衍、驺奭附《孟轲列传》，则曰“要其归，必止乎仁义节俭君臣上下六亲之施”也。罔不论列言行，详其事指而为之传。独墨子之显学，而于《太史公书》仅两见：一附见《孟轲[③]荀卿列传》之末，曰：“盖墨翟，宋之大夫，善守御，为节用。或曰并孔子时，或曰在其后。”辞之觕略甚矣。一见《太史公自序》谈为太史公之论六家要指。六家之中，榷论儒、道，其次墨者差详，而独详论其“为节用”，曰“墨者俭而难遵，是以其事不可遍循，然其强本节用，不可废也”。因称墨者之言而极论之，要曰：“强本节用，则人给家足之道也。”自来论墨者多訾其兼爱，而《太史公书》独论其节用，与荀卿同。《自序》《正义》引韦昭说：“墨子之术也尚俭，后有随巢子传其术也。”信若所云，意者随巢子独传墨子尚俭之一义，而不及其它，太史公即本之此耶？《汉书·艺文志·诸子略》墨家有《随巢子》六篇，云“墨翟弟子”，其书不传。然余读瑞安孙诒让之《墨子后语》，中有《随巢子》佚文二十一事，其言多主于明鬼，荒大不经。亦论兼爱，曰：“有疏而无绝，有后而无遗。大行之行，兼爱万物，疏而不绝。贤者欣之，不肖则怜之。贤者不欣，是贱德也。不肖不怜，是忍人也。”则可谓僾乎仁人之言。然而无及节用者，虽放佚多未可论定，而随巢子之非专传墨子尚俭之一义，要可断言。而知韦昭之说未可信也。然则太史公之称节用何说？曰：“此盖称墨子以矫世敝，而发《平准》一书之指耳！”《平准》之书，迄元封元年而止，盖太史公谈之作。而太史公谈实仕建元元封之间，目睹汉武帝外攘夷狄，内兴功

---

① 按《史记》，轲当作“子”。
② 按《史记》，武当作“子”。
③ 按《史记》，轲当作“子”。

业,海内之士,力耕不足粮饷,"萧然繁费",而"兴利之臣自此始",故不禁慨乎言之。要曰:"强本节用,则人给家足之道。"此《平准》书之所为作,而于论墨子先发其指也。史谈又讥儒者之"博而寡要",而极言之曰:"累世不能通其学,当年不能究其礼。"与《孔子世家》所载晏婴之讥孔子同辞,盖袭《墨子·非儒》之篇也。特是"博而寡要",史谈衡儒,既袭《墨子·非儒》之篇,"而尊卑无别",史谈非墨,又采儒者荀卿之说,以矛刺盾,良非偶然。今按《荀子·富国》篇曰:"人之生,不能无群。群而无分则争。争则乱,乱则穷矣。故无分者,人之大患也。有分者,天下之本利也。而人君者,所以管分之枢要也。故美之者,是美天下之本也。安之者,是安天下之本也。贵之者,是贵天下之本也。古者先王分割而等异之也,故使或美或恶,或厚或薄,或佚或乐,或劬或劳,非特以为淫泰夸丽之声,将以明仁之文,通仁之顺也。……墨子之言,昭昭然为天下忧不足。夫不足,非天下之公患也,特墨子之私忧过计也。……夫天地之生物也,固有余足以食人矣。麻葛茧丝鸟兽之羽毛齿革也,固有余足以衣人矣。不足,非天下之公患也。天下之公患,乱伤之也。胡不尝试相与求乱之者谁也?我意墨子之非乐也,则使天下乱。墨子之节用也,则使天下贫。非将堕之也,说不免焉。墨子大有天下,小有一国,将蹙然衣粗食恶,忧戚而非乐。若是则瘠,瘠则不足欲。不足欲,则赏不行。墨子大有天下,小有一国,将少人徒,省官职,上功劳苦,与百姓均事业,齐功劳。若是则不威,不威则罚不行。……若是,则万物失宜,事变失应。……故先王圣人为之不然,知夫为人主者,不美不饰之不足以一民也,不富不厚之不足以管下也,不威不强之不足以禁暴胜悍也。……故墨术诚行,则天下尚俭而弥贫,非斗而日争,劳苦顿瘁而愈无功,愀然忧戚非乐而日不和。"是何也?自史谈言之,则曰"尊卑无别"也;自荀卿言之,则曰"群而无分"也,盖同指而异辞也。并著于篇,以为成学治国故者考览焉。